FLOR DE ALGODÃO

SANTANA FILHO

Flor de Algodão

Copyright © 2017 Santana Filho
Flor de Algodão © Editora Reformatório

Editores
Marcelo Nocelli
Rennan Martens

Revisão
Marina Ruivo
Marcelo Nocelli

Imagens de capa
Gravuras de Ronaldo Mendes
https://www.artmajeur.com/pt/artist/ronaldomendes

Design e editoração eletrônica
Negrito Produção Editorial

Dados Internacionais de Catalogação na Publicação (CIP)
Bibliotecária Juliana Farias Motta (CRB 7-5880)

Santana Filho, José, 1958-
    Flor de algodão / José Santana Filho. – São Paulo: Reformatório, 2017.
    288 p.; 14 x 21 cm.

    ISBN 978-85-66887-37-2

                1. Romance brasileiro. 2. Ficção brasileira. I. Título.
S232f   CDD B869.3

Índices para catálogo sistemático:
1. Romance brasileiro
2. Ficção brasileira

Todos os direitos desta edição reservados à:

Editora Reformatório
www.reformatorio.com.br

"*Eu ficava olhando seu gesto impreciso porque uma bolha de sabão é mesmo imprecisa, nem sólida nem líquida, nem realidade nem sonho. Película e osso.*"

"A estrutura da bolha de sabão", Lygia Fagundes Telles

"*Cada um se mata o suficiente para continuar vivo.*"

"O fogo nas vísceras", Pio Vargas

Somos. Até o momento em que, não sendo o que se supõe ser, adquire-se, afinal, alguma existência.

EU SOBREVOAVA Flor de Algodão, a pequena cidade entrincheirada pelas montanhas do Lírio D'Água, observando de cima a represa em construção, quando o teco-teco deu pane no motor. A hélice restou destrambelhada feito uma biruta de aeroporto que perdesse o juízo, nos atirando ao léu do voo, a mim e ao avião, e seguimos sobrevoando o município, flanando sem governo para um lado e outro, a dois passos de despencar. Peguei carona na lomba do vento procurando me alinhar a ele, agarrei o manche com as duas mãos e esquadrinhei lá embaixo à procura de alguma clareira entre casas e serras, tentando nos afastar dos telhados e do miolo da cidade, mas só sobrou o largo da igreja onde descer.

Embiquei.

Todo mundo abriu passagem num piscar de olhos. Tiraram os jumentos da rua, esquiparam os cavalos no rumo das quintas, tangeram os cachorros, tocaram as crianças para dentro de casa, e quando o aviãozinho botou o pneu na terra seca levantando o poeirão, os homens arrancaram o chapéu da cabeça, as mulheres acenaram com os panos de prato e a meninada voltou para a rua, peito nu e braços para cima, assanhada ao vento. Até um galo, por nome Menelau, mudo desde a viuvez dois anos antes, disparou a cantar alto e bem-disposto.

O sacristão e o prefeito, relógios silenciosos no bolso da calça, ao ouvir o canto de Menelau puderam atualizar o horário da terra: davam quatro horas e dezoito minutos no momento em que a tarde alaranjou lilás na miúda Flor de Algodão, a antessala do fim do mundo. Aí, toda a gente retornou para o meio da rua, se ajuntou ao rebotalho da poeira, danando-se a aplaudir com olhos, pernas e mãos, como tivesse desabado no oco da cidade o Apocalipse.

Deve ter sido mesmo o Apocalipse, porque, ao sair do avião portando apenas o lenço branco protegendo o nariz do pó, fui recebido pela população como se assoprasse as cornetas prometidas no Livro Sagrado.

O primeiro a me estender a mão foi o senhor Cravo, corpulento e escanhoado, sorriso cordial e a aparência de quem foi untado em talco depois do banho. Fui logo percebendo: era ele quem fazia chover e abrir o sol na região. Nos últimos anos, isso soube depois, seu Cravo andava de rusga com São Pedro, o qual achara por bem desafiar a autoridade dele, comprometendo o relacionamento entre os dois desde que interditaram, lá por cima, as chuvas. Há tempos não caía do céu uma única gota d'água, de modo que usei a expressão do abrir e fechar o sol apenas para dizer que era a família do seu Cravo quem mandava e desmandava no município há muitas gerações, sendo a ausência de nuvens carregadas a responsável por minha descida no Largo da Matriz, em frente à Igreja de Santa Margarida, naquela segunda-feira de maio.

– O céu não tem mandado chuva, mas não deixa de aprontar marmota – ele apertou minha mão e sacolejou nossos braços com entusiasmo, a ponto de transformá-los numa gangorra onde balançaria um par de crianças desembestadas – Você é o engenheiro substituto, acertei?

As pessoas me olhavam curiosas, formando uma ciranda em torno de nós. Eu não conhecia ninguém, estava ali pela primeira vez. Ri o riso possível, procurando, com a mão livre do cumprimento, secar o suor no lenço, mistura de susto e calor empapando o meu rosto.

Um homem vestindo terno branco de linho amassado veio do outro lado da rua em pernas de tesoura, aproximou-se, tirou o chapéu e estendeu a mão.

– Espero que o doutor tenha a mesma destreza com cimento, betão e fio de aço que demonstrou com o passarinho de metal. Sou o prefeito Pelópidas Blue. A cidade lhe recebe de foguete em punho.

Apesar da gentileza do comentário, não deixei de relacionar a saudação do prefeito à expulsão do engenheiro que me antecedeu. Ele foi escorraçado da cidade, no buraco da noite, perseguido pela população que tanto atirava para cima com estilingues e espingardas, como soltava rojões para espantar o demônio. Segundo palavras enérgicas do seu Cravo, à frente do cortejo, o engenheiro era devotado e prometido a Lúcifer.

Ao ser informado desse episódio, finalizando os trâmites da contratação na capital, tentei me colocar no lugar do engenheiro ejetado; não gostei da posição. O delito do engenheiro, até onde tomei conhecimento, foi não ter cumprido a missão de seduzir Hortência, a filha de dona Juliana do Pudim, cuja mão havia sido oferecida a ele.

– Acabe de chegar, acomode-se no mosteiro, tome um banho para lavar a poeira, desamasse essa cara e venha jantar na minha casa. Nós tomamos conta desse passarinho que não sabe voar – e seu Cravo bateu com o nó dos dedos na lataria do avião.

Ao atropelar a fala do prefeito, logo vi que ele mais exigia do que convidava. Acedi com um menear de cabeça. Ele se dirigiu a um rapazinho de calças curtas e chapéu de palha dobrado embaixo do sovaco, cujos olhos me encaravam com a veneração de quem avistasse o Altíssimo:

– Acompanhe o engenheiro até o mosteiro e oriente o irmão Deocleciano para tratá-lo com o polimento dedicado às orquídeas e às vestais.

Entrei na camionete. Instalado na boleia, acenei para a gente que não arredava do largo desde a minha chegada. Ergui o olhar, ultrapassei o aglomerado, a praça e a rua de barro. Do lado de lá, debruçada na janela, vi a moça: continha o rosto entre a palma das mãos, os cotovelos apoiados no peitoril da janela. Apesar de não identificar onde se fixavam os seus olhos, percebi pelo semblante, mais suposto do que testemunhado, que eles flutuavam

pelo inusitado da tarde, distantes de qualquer paradeiro.
  Sem que ninguém precisasse me dizer de quem se tratava, o nome aflorou-me à boca: Hortência, e a afinidade floral entre o nome da cidade, o nome do seu Cravo e a moça da janela fez sentido pela primeira vez desde que decidi fazer de Flor de Algodão a penitência dos pecados que largava para trás, aceitando administrar a construção da barragem do Lírio D'Água.
  Talvez nem fossem tantos os pecados, mas devastaram o suficiente; vergões pela pele, só eu via. Apesar de ignorados pela gente a me observar desprevenida, haveriam de me incomodar a cada emersão à mente ocupada em mantê-los submersos.
  O mosteiro estava a poucos quilômetros do Largo da Matriz, nas imediações da cidade, contudo íamos devagar, a ausência de chuva acumulava a poeira por todo lugar. O barro seco formava ondulações na estrada. Ao contato com os pneus, sugeriam desmanchar as peças da camionete na trepidação, fazendo-nos tremelicar na boleia, num arremedo de acessos epilépticos. Com o passar dos dias eu me acostumaria aos desconfortos. Na primeira tarde, tudo parecia impraticável.
  Cogitei recuar.
  Impossível. Eu não tinha para onde voltar. Não por enquanto.
  Aos poucos, a visão das montanhas arrodeando a estrada, algumas escarpadas e tesas, foi se revelando harmoniosa. A falta de horizontes se mostrou providente, descansei.

O irmão Deocleciano tinha estatura mediana, estava acima do peso e nunca cheguei a vê-lo com outro figurino que não a túnica marrom escorrida até o meio das canelas, em torno da qual amarrava o cinto de corda. O cinto, embora prejudicado na alvura pelo encardido do uso, fazia contraponto com a vestimenta e o tom de pele, quase tão marrom quanto o tecido, delimitando o corpo em dois compartimentos. Ao sorrir, exibia os caninos prateados numa incrustação malfeita, provocando o deslocamento da peça para cima e para baixo ao passar a língua pelo interior da arcada dentária. Esse movimento ele executava quando queria desviar de um assunto, o que não era incomum. As mãos pequenas e redondas se projetavam dos braços como apêndices desconexos do corpo. Por outro lado, os incisivos miúdos e os olhos redondos incrivelmente pretos conferiam-lhe um ar infantil, às vezes gracioso, de uma natureza entusiasta. No alto da cabeça reluzia o que os paroquianos chamavam de "rodela de Santo Antônio", a circunferência sem cabelos, raspados para causar esse efeito, quem sabe, tribal. Em função da cabeleira farta a debruar seu rosto arredondando-o ainda mais, aquele pequeno circuito remetia à inesperada clareira numa floresta espessa, eu o achei curioso.

 Gostei do irmão Deocleciano desde o momento em que nele bati os olhos. Mal nos apresentamos, ele me ofereceu o braço e saímos andando. À maneira de velhos conhecidos, seguimos de braços dados pelo corredor largo estendendo-se até o quarto onde eu seria instalado. O rapazinho que me acompanhara seguia calado atrás de nós, carregando minha pequena mala empoeirada e uma pasta de couro, dentro dela plantas e documentos referentes à barragem. À esquerda do corredor, através dos arcos em semicírculos azulejados nas bordas, viam-se o jardim, o pomar e a fonte sem água no meio do pátio. Apesar da aridez sugerida por aquela fonte sem som, o vento soprando dali me pareceu de bom presságio. Pressionei o braço roliço de Deocleciano sugerindo que, estacando, degustássemos a aragem. Fizemos isso, depois seguimos. Sozinho no quarto, tratei de me inteirar dele. Encostada na parede lateral, uma cama de solteiro, a fronha e os lençóis exalando o sabão usado de pouco. Ao lado dela a pequena mesa e uma cadeira, fabricadas na própria marcenaria do convento, conforme adiantou Deocleciano, encarregado da execução de todos os móveis de madeira do mosteiro desde a última reforma. Acima do que seria a cabeceira da cama, se a cama tivesse cabeceira, o crucifixo em grossas talhas de madeira. Os mistérios do terço despencavam em gomos pretos contrastando com a alvura da parede. Sobre a mesinha uma moringa, a água fresca com sabor de barro, único utensílio que levei do convento quando o abandonei. Acima da mesinha, um calendário com o Sagrado Coração ensanguentado. Nele tiquei, todas as manhãs, os dias que passei ali. Na parede oposta, o armário de uma porta e quatro prateleiras. Ao lado do armário, uma peça tecida em couro entrelaçado sobre pernas de madeira em formato de X, utilizado para deixar a mala num primeiro momento, providencial na ocasião em que precisei de fato dela. Lá em cima, no canto esquerdo superior, uma espécie de claraboia de vidro, por onde sempre entrava a luminosidade do dia. A janela, circundada por grades de ferro pintadas de verde escuro, estava aberta. Aproximei-me e contemplei a mata erguendo-se adiante. Pelo meio, a trilha de pedras dava na cela para onde eram encaminhados os meninos internos quando castigados. Existia uma área no mosteiro destinada a esses meninos de famílias abastadas encaminhados para o que os monges chamavam "ressocialização sacra". Sempre que tomavam atitudes incompatíveis com os hábitos familiares ou demonstravam interesses em desacordo com as normas vigentes, os pais os submetiam à disciplina do mosteiro, em intervenções que podiam durar de um a doze meses, de acordo com as posses dos pais e o nível de rebeldia dos filhos.

Antes de anoitecer, despi calça e camisa, vesti o roupão pendurado em um gancho de aço no lado direito da janela e botei a toalha no ombro. Enfiei no bolso do roupão o sabão de coco encontrado na gaveta da mesinha e o pente tirado do bolso da camisa, e caminhei até o banheiro do outro lado do corredor, conforme o irmão Deocleciano indicara. Não dei espaço para pensamentos severos, procurando fixar-me naquele novo ambiente, o escarlate do fim de tarde salpicando matizes alaranjados pelo corredor, eu conjecturando o jantar do qual participaria dali a pouco na residência do seu Cravo, e só.

Uma única reflexão interpôs-se entre mim e o andamento da hora: as dimensões do mosteiro e a qualidade do material utilizado na construção, surpreendentes para a região de recursos precários. Talvez nem tenha sido reflexão, mas a estranheza, que também não cheguei a alimentar, eu queria estar exatamente ali, nu, despido de ideias. Um corpo descerebrado; não desejava mais do que isso. Meu corpo havia se transformado em um cérebro que se locomove. Um cérebro defeituoso, traiçoeiro, capenga, inútil. Dispensável, portanto. Voltei-me para a execução mecânica dos passos. Um de cada vez.

Às sete e meia da noite a camionete esperava na porta. Cumprimentei Azulão, o mesmo motorista que me trouxera à tarde, e sacolejamos calados até a cidade. Azulão emudecera ainda menino, desde que tivera a língua inteiramente bicada pelo pássaro azul do qual herdou o apelido. As palavras que tentava articular não costumavam ultrapassar a garganta, e, se acontecia de ultrapassar, sucumbiam na raiz da língua, fazendo-o desistir delas com o correr do tempo. Desenvolveu a mímica.

Seu Cravo esperava no alpendre, ao lado de dona Gérbera e de duas das três filhas: Rosa Morena e Tulipa. Azaleia andava às voltas com a toalete. Só a conheci pouco depois, ao bebericar o licor de pequi, cuja autoria o dono da casa reivindicava com orgulho.

Estranhei a ausência do prefeito; desde a recepção após o pouso, percebi o impacto de minha presença na cidade, seria natural encontrá-lo no jantar. Até aquele momento eu não sabia da relação entre seu Cravo e o prefeito Pelópidas Blue, a quem o primeiro fazia questão de excluir, sempre que desejava protagonizar, como era o caso. O prefeito não passava de testa de ferro da família, ocupando o cargo por indicação dele. Todos os homens Lírio D'Água já tinham se sentado na cadeira de prefeito desde que o povoado evoluiu a cidade e se instalou a primeira sede da Prefeitura na rua atrás da igreja, onde, após duas ou três ampliações, permanece ainda hoje. Uma vez esgotado o estoque familiar, até o vaqueiro da fazenda, analfabeto de pai e mãe, ocupou a função pública mais elevada da comarca. Pelópidas Olegário Blue pertencia a uma família de políticos em Campos Elíseos, porém fora seduzido pelas regalias oferecidas por seu Cravo, ao perceber o fortalecimento dos Olegário na região, ameaçando ultrapassar o pequeno município, contaminando sua jurisdição. Aproveitando-se da relutância da família de Pelópidas em lançar a candidatura deste filho caçula dado a não-me-toques no contato com o povo, ofereceu-lhe o ofício. Desde então, Pelópidas estava rompido com os seus, excluiu o Olegário do nome, acrescentou o Blue para modernizá-lo e bandeou para os lados dos de Flor de Algodão. O inconveniente era a solteirice do prefeito, impedindo que a cidade desfrutasse, pela primeira vez, de uma primeira-dama. A princípio, encompridou os olhos para Rosa Morena, mas o pai não identificou nele equipagem para domar o espírito da primogênita, cortando-lhe a curica na segunda tentativa de voo.

Azaleia entrou na sala no momento em que o cheiro da buchada de bode avançava da cozinha. A presença dela renovou o ar. Diferente das irmãs mais velhas, pródigas em exuberância, a caçula se mostrou recatada e tímida, chegando a corar quando beijei sua mão rosada, quase transparente. Sorriu uma pluma, enlaçando ambas as mãos nas costas, reservando-as ali numa tal candura que achei que fosse recitar um verso. Chegamos à mesa onde estavam servidos os refrescos em cada copo ao lado dos pratos, bem-vindos na noite quente. Seu Cravo me ofereceu a outra cabeceira, depois de ocupar a sua, "O caçula da mesa", apontou para a cadeira e para mim, referindo-se, não à minha idade, mas ao fato de ocupar um lugar à mesa pela primeira vez.

O assado de panela estava delicioso, a buchada de bode nem tanto. Ao contrário do calor, da trepidação na estrada, a passarada garganteando cedo demais e do chuveiro frio, aos quais, um pouco mais, um pouco menos, me habituei com o caminhar do tempo, o aroma desse passadio nunca me apeteceu. Tentei dissimular ao fim da primeira garfada, mas fui acometido pela saraivada de espirros que, se por um lado me constrangeu, por outro foi o salvo-conduto para ganhar a misericórdia dos de casa.

"Deixa ele, papai!", a postura falsamente delicada de Rosa Morena, camuflando o riso e o pouco caso com minha falta de jeito, teria me cutucado os brios, se os brios estivessem em condições de se manifestar. Não estavam. Nem cheguei a molestá-los, aceitei de bom grado a mão esticada da mocinha e troquei de prato.

Enquanto nocauteava a fome no assado de panela, observava a bravura com que mãe e filhas se dedicavam aos pratos cheios. Chegava a ser impudico testemunhar o contraste entre os lábios róseos de Azaleia, a pele do rosto em casca de ovo e a deselegância das trouxinhas de bode, que nem mesmo a baixela de alumínio areada conseguiu disfarçar. A caçula entregava-se a ele com a fleuma de um pescador solitário. Rosa Morena não ficava atrás, cintilando nos lábios os intestinos do bode. Beladona, a empregada da casa, precisou renovar a travessa por duas vezes.

Apenas seu Cravo comia de forma comedida, espetando a carne na ponta do garfo, observando a porção, rigoroso, para só então levá-la à boca. Gentil, rastejava na mastigação, dando tempo às outras para se refestelar à vontade. Nenhuma se fez de rogada. Ninguém ali tinha pressa.

Na sequência, vieram os doces. Leite, jaca e caju. Não saberia dizer qual o melhor. Durante o tempo dispendido na cidade alternei as preferências entre o de caju e o de jaca, sem assumir predileção por nenhum para não cometer injustiça. O queijo de coalho vinha da fazenda da família, dispensando adjetivos quanto ao paladar, o sal na medida, a consistência justa para o manejo dos dentes.

Quando dona Gérbera improvisou um palito e se preparava para usá-lo, seu Cravo, em silêncio, juntou sua mão à dela, impedindo-a de palitar os dentes à frente de todos.

Depois do jantar, fomos para a sala ao lado, onde ficava o piano de cauda. Solene, sobressaindo-se no ambiente de poucos móveis, um dromedário pastando no jardim. Sem delongas, seu Cravo ocupou a banqueta, abriu a tampa e deslizou os dedos por todo o teclado antes de entoar "Luar do Sertão". Catulo da Paixão Cearense, identifiquei aos primeiros acordes, apesar dos meus parcos conhecimentos musicais. Todos nós fizemos silêncio, permanecendo de pé, ouvindo com ouvidos e olhos, aplaudindo ao final. Ele não alongou a récita. Levantou a mão direita no ar, fez uma pausa breve e a cruzou sobre a outra mão. Agradeceu com discreto rebolado de cabeça, forrou o teclado com o feltro vermelho, fechou o piano e se levantou.

Nós o seguimos.

As meninas retornaram à sala, sentaram no sofá, abriram livros e revistas, deixando os adultos à vontade para as conversas de adulto. Rosa Morena arrastou os olhos em minha direção, depois baixou a cabeça trazendo-os de volta à revista que permanecia de cabeça para baixo em seu colo.

Voltamos ao alpendre, soprava a fresca da noite esmaecendo o calor. Um pássaro se embalava no fio elétrico frouxamente esticado entre os postes, mas não faço ideia de qual fosse: "Viúvo de pouco", seu Cravo se referiu a ele. Como eu continuasse a observar, insistiu, pendendo a cabeça: "Não é gaivota, mas não chega a urubu", tentou fazer graça, não conseguiu. A praça estava vazia de gente, um ou outro cachorro fazendo a ronda, dois cavalos sem montaria, uma carroça sem animal, pouco iluminados pela luz amarelada das lâmpadas. A igreja, na cabeceira da praça, adornada por lampadinhas coloridas, anunciava as festas juninas logo à frente. O aviãozinho tinha sido arrastado para um canto da praça, próximo à igreja. O reflexo da iluminação distribuía pontos de cor por toda a sua lataria. Um jumento com chocalho pastava em frente a casa. "Heitor Villa-Lobos", seu Cravo apontou para ele.

Após sentarmos, ele fez as perguntas que eu esperava desde que cheguei para o jantar: Quais os meus planos imediatos, se eu era casado, algum filho por aí?, minhas impressões sobre a cidade, quanto tempo levaria a construção da barragem, minha posição política, qual religião professo eu.

Respondi com as meias verdades que estava me acostumando a utilizar, sem saber que ele já conhecia parte das respostas: Não sou casado, nenhum filho por aí, que cidade simpática, aprecio o calor, satisfeito por estar aqui, concentrado no trabalho, sou rigorosamente de centro tanto em política quanto em religião.

Falei do meu interesse pela aviação, bendizendo a oportunidade de pilotar o teco-teco, aproveitando o imprevisto que impediu de última hora a vinda do piloto. Tirei do bolso da calça o brevê e mostrei.

Ele me inteirou da restrição de água desde que o céu se limitou a uma vitrine de nuvens brancas, de dia, e de estrelas, à noite, daí a pressa na construção da barragem, arrastada além do previsto. Falou do quiproquó com o outro engenheiro, incompetente, lunático e luciférico. Insistiu no prejuízo às plantações, à saúde dos animais, à fé do povo, ameaçando inclusive a higiene da população. Numa região onde não chove, até as minhocas se tornam estéreis, tornando-se urgente fertilizar a terra.

Foi apenas ao acompanhar a expressão insistente de dona Gérbera, que levei o olho até o lado de lá da praça, onde Hortência, não mais que um vulto indiscriminado, permanecia na janela.

– Passa o tempo todo ali – seu Cravo respondeu ao meu olhar.

– Não há tanto o que se ver por aqui – ponderei, encarando o entorno.

– Ela não vê, ela espera – dona Gérbera interferiu, transparecendo alguma hostilidade. Na sequência, deixou escapulir um flato.

Beladona chegou com o cafezinho fumegando na xícara, aceitei; o cansaço e as surpresas do dia pesavam-me nos olhos. Tulipa e Rosa Morena vieram desejar boa noite, iam para os quartos. Após estender-me a mão e ser abençoadas pelo pai entraram, acompanhadas da mãe, habituada a conduzi-las à cama todas as noites, seu Cravo esclareceu depois. Rosa Morena voltou-se, ao cruzar a soleira da porta, me olhou por cima do ombro e sorriu o convite mais discreto que eu jamais recebera. Azaleia não veio se despedir. Estranhamente, senti sua falta.

Seu Cravo acendeu o charuto e falou-me de Hortência. A moça passava todas as horas na janela, aguardando o retorno do rapaz que, cinco anos antes, entrou no quarto dela transmutado em morcego, dependurando-se no caibro mais alto, de onde não cansava de admirá-la às avessas. Antes assustada, Hortência foi seduzida pela insistência do morcego, o tempo todo a postos, polido, vigil. O animalzinho só abandonou o esconderijo na noite em que, tornado homem, desceu à cama, pedindo que ela fosse encontrá-lo na beira do riacho da Gaita, do lado de lá da cidade. No riacho a esperaria à meia noite em ponto para cumprirem juntos o destino, sabendo Deus de que história de carochinha ele alcunhou essa expressão surrada.

– Falo em esconderijo porque, embora ao alcance do olho, o caibro à vista na cumeeira do quarto, ninguém jamais enxergou o patife, à exceção de Hortência, gerando o diz-que-disse na cidade: a filha de Juliana do Pudim enlouqueceu e delirava.

De tal maneira interessei-me pela história que aquilo me despertou mais do que o café servido há pouco pela empregada.

Hortência esperara o horário combinado entrando e saindo do quarto a fim de conferir as horas na parede da sala, alvoroçada pelo desassossego das noivas. Quando os ponteiros se encontraram na testa do relógio de madeira, ela chegou ao riacho da Gaita pronta para mergulhar no destino anunciado.

Mas não apareceu nem morcego nem homem. Uma nuvem negra encobriu a lua cheia, montando uma chuva que nunca conseguiu desabar. Trovejou e relampejou de tal maneira que quem estava pela rua ou pelo campo viu as bolas de fogo correndo de um lado para o outro das cercas de arame e dos muros de tijolo, sem desaguar uma só gota capaz de umedecer essa metralhadora de raios.

Hortência esperou por toda a noite, entrou pela madrugada, retornando ao quarto ao clarear do dia, os olhos empapuçados de choro, abrindo a janela para nunca mais fechar, mantendo-se de vigília desde aquela manhã. O pároco Estrelinho, as colegas do colégio, os trigêmeos Primeiro, Segundo e Caçula, conhecidos pela camaradagem, o senhor Cravo em pessoa, até um profeta butanês de passagem pela cidade tentaram demovê-la, incentivando-a a tornar à vida real; inútil. Dona Juliana fez promessa para Aninha Tabuada, aumentou o dízimo da igreja, jejuou, suspendeu o hábito da cerveja, ofereceu a produção de uma semana inteira de pudins para o leprosário de Vila dos Remédios, o povoado depois do rio. Em vão. Hortência só abandonava a janela para as precisões humanas, sem fechar nem mesmo uma folha, a fim de não deixar o homem, ou o morcego, do lado de fora, quando um ou outro decidisse regressar. Por não ter despertado o interesse dela, mais do que os três ou quatro lapsos cometidos na construção da barragem, foi que o engenheiro contratado antes de mim se viu escorraçado à base de rojões e pontapés.

— O que o senhor acha disso tudo? — perguntei ao seu Cravo, escorregando até a ponta da cadeira, interessado na resposta dele.

— Maluquice de cabecinha de vento. Hortência, além de bonita, é uma moça da maior serventia, nunca foi janeleira, porém se enovelou nessa história sem fundamento e agora não consegue se desembaraçar. O que ela precisa é de um homem que viva com os pés no chão e não de ponta-cabeça.

Senti-me aliviado. Apesar do panorama em tudo compatível com as lendas pertinentes às cidades do interior, eu não me achava disposto a alimentar folclores. Minha vida estava enovelada o suficiente e, mais do que interesse na construção da represa, eu me empenhava em desatar o nó. Para isso me ausentara, para tanto estava ali.

Ao nos despedirmos, seu Cravo, depois de longa baforada no charuto, bateu duas vezes a mão direita no meu ombro, movimentando a cabeça no sentido afirmativo de quem chega a uma conclusão favorável: "Quem sabe não é você o morcego que Hortência tanto espera!".

Permaneci calado.

– O doutor caiu literalmente do céu!

Aboletado na camionete, pedi a Azulão que desse uma volta pela cidade.

Entregue à calmaria da noite, Flor de Algodão se assemelhava a um presépio barroco dormitando. Os quarteirões eram uniformes e pequenos, apesar da assimetria das casas, a maioria rente à calçada, sem recuo. A iluminação em muitos lugares mortiça formava o lusco-fusco, quase nevoeiro. Na cadeia, onde dormiam dois presos, o carcereiro e um carneiro desertor da manada rumo aos angicos, podia-se acompanhar, pela folha da porta aberta a fim de ventilar o calor, o bailado de sombras na parede, orquestrado pelo lume do candeeiro deixado em cima da mesa de centro, apagadas as lâmpadas dos poucos cômodos da casa de detenção. O muro do cemitério estava pintado de pouco. Sendo baixo, permitia a visão de alguns jazigos mais elevados. O mais alto era o de Aninha Tabuada, a menina considerada santa pelos moradores da cidade, em especial os meninos de colégio, romeiros uniformizados nas vésperas dos exames ou quando precisavam esconder dos pais os malfeitos, desde que nos malfeitos não estivessem incluídas as indecências da puberdade. Aninha Tabuada, comentavam os mais velhos, se especializara no baixo clero, executando o leva e trás entre os meninos e as entidades do céu. As intervenções pródigas, aliadas às solicitações das costureiras, do tipo desfazer um nó apertado ou abrir caminho para a linha no buraco da agulha, mantinham seu prestígio por sucessivas gerações, além de tornar seu sepulcro o mais bem cuidado do cemitério, transformando a santinha em eficiente juíza de pequenas causas.

Menelau cochilava em cima do muro, ao lado do portãozinho de madeira escalado por dois calangos nada intimidados pela presença do galo ou pela nossa. Azulão passou devagar e fez o *pelo sinal* de cabeça baixa, beijando a ponta dos dedos no amém.

A cidade dormia com o abandono de uma criança no colo da avó. Pedi para passarmos ao lado da barragem. Circundamos duas vezes, o suficiente para constatar o atraso da obra. Depois sugeri que retornássemos ao largo.

Queria avistar Hortência de perto, conhecer seu rosto, embora isso eu não tenha falado para Azulão. Ao nos ver chegar, Hortência se retirou da janela num gesto brusco.

Seguimos. Um pouco adiante, ao voltar a cabeça para trás, vi que estava de novo lá. Percebendo meu movimento, virou o rosto para o outro lado.

Ganhamos a estrada. Talvez eu estivesse impregnado pelo aroma da buchada de bode e nem me dera conta. A lembrança do prato, aliada à trepidação, me provocou enjoo e um desconforto por dentro da camisa, aqui no corpo do peito. A última frase do seu Cravo ao nos despedirmos encarregou-se de agravar o entojo. Cheguei indisposto ao quarto no final do corredor.

Abri a janela, o céu de estrelas. A fadiga, somada à brisa de montanha e ao aroma dos lençóis, venceu a indisposição. Senti-me bem.

O silêncio chegava a ser palpável e zunia. Mergulhei no sono.

Dormi como há muito não dormia. Sonhei com princesas degoladas, bocas sem língua, espaçonaves desorientadas, morcegos e masmorras, mas acordei revigorado.

Precisei de pouco tempo para localizar onde me encontrava e discriminar o que sonhara do que de fato vivera há pouco, desde o momento em que aterrissei o teco-teco desmiolado no Largo da Matriz da miúda Flor de Algodão.

COMO ESPERADO, o dia amanheceu iluminado e quente. Ao abrir a porta, deparei-me com irmão Deocleciano parado à frente, parecendo assustar-se comigo. Ruminei sua presença sentinela, porém não disse nada, desejei bom dia de um jeito mecânico, incapaz de disfarçar o incômodo. Não cultivo mutismos pela manhã, ainda assim me mantive calado. Seguimos em direção ao refeitório. No caminho ele falou sobre o funcionamento do mosteiro, distinguindo o alojamento dos monges, este aqui, das instalações do colégio e da área que se estendia do outro lado do muro, abrigo dos meninos do internato; aquilo me interessou, consegui espairecer. Ele disse se tratar de uma tradição quase secular. Houve um abade disciplinador e austero, para quem eram encaminhados esses meninos considerados transgressores, que os adestrava no regime de punições, exercícios excruciantes e jejum prolongado, mas isso fazia algum tempo, estava em desuso. Antes, houvera outros ainda mais exigentes, todos soterrados pela areia do tempo. De certa forma, as novas gerações de monges adequaram os métodos à modernidade daqueles dias. Raramente se valiam de castigos físicos, os pernoites isolados na cela tornavam-se cada vez mais raros.

"Se quiser, depois o levo lá para conhecer as celas". Imaginei que cela seria o termo canônico para se referir a essas solitárias isoladas, minúsculas, sem sol. Talvez não tivesse interesse em conhecê-las, apraziam-me as liberdades.

Antes de chegarmos ao refeitório, irmão Deocleciano desviou e descemos dois lances da escada escondida atrás da porta de ferro pintada de verde-escuro, o mesmo tom das grades da janela do meu quarto.

Lá embaixo, após bater a aldrava na porta, entramos numa sala espaçosa iluminada por lâmpadas de teto, luminárias e abajures espalhados de maneira que me pareceu aleatória. As cortinas de veludo estavam fechadas. Nem se viam as janelas por onde entraria a claridade externa, abundante àquela hora.

Acho que todos sabiam que vínhamos, Deocleciano usou apenas as sobrancelhas para cumprimentá-los, isento de formalidades, apresentando-me logo ao abade. Ele estava sentado atrás de uma mesa de madeira preta, numa cadeira de espaldar comprido afunilando na extremidade, tão alto que parecia apontar para o teto, transpassando suas costas feito uma lança. Vi dois gatos, cinza o mais encorpado, o outro lilás, sentado no seu colo um, no braço da cadeira o outro, enquanto outros tantos se movimentavam pelas prateleiras da estante de livros, embrenhando-se nos menores espaços, desaparecendo e tornando a aparecer. Os homens sentados em poltronas de couro distribuídas pela sala, algumas em torno da mesa, interromperam a conversa à nossa chegada. Cumprimentaram-me com um balançar de cabeça, olhando para mim fixamente, para depois desviar o olhar, procurando-se uns aos outros como se dividissem uma expectativa a respeito do forasteiro e buscassem conclusões entre eles.

No horário em que cheguei ao mosteiro, no dia anterior, o abade estava recolhido, exercitando outras maneiras de se expressar além da fala. Não podendo me receber, enviou votos de boas-vindas, encaminhou-me bombons de chocolate com canela preparados na cozinha do mosteiro acompanhados da garrafa de um tinto italiano, tudo embalado num saquinho de estopa costurado ponto a ponto. Agora, na sala forrada pelo carpete gasto, cercada por livros em estantes ocupando todas as paredes, estendeu-me a mão, sem levantar da cadeira. Austero, porém cordial. Econômico nas expressões de fisionomia e palavras desejou boa estadia, sugerindo que me apressasse em direção ao refeitório para pegar o pão ainda quente, saído agorinha do forno; ele mesmo acabara de vir de lá.

– Sinta-se em casa, engenheiro. Ocupe o lugar de São Pedro, que decidiu fechar as torneiras e se retirou. Devolva-nos a água.

Acedi com um jeito de boca, cumprimentei os outros sem sair do lugar e deixamos a sala. A imagem de Hortência debruçada na janela voltou-me à cabeça. Considerei com alguma sentimentalidade que naquele momento ela continuava lá. Revivi o relato, sublinhando as palavras do seu Cravo ao nos despedirmos. Temi que houvesse no comentário, aparentemente jocoso, intenção verdadeira. Foi inevitável trazer de volta a expulsão do engenheiro fracassado nos dois propósitos de sua contratação: a construção da represa e o arremate do coração daquela moça. Agora eu ocupava o seu lugar em ambas as frentes, dava-me conta. Virei a cabeça até a porta que conduzia ao tribunal de onde acabara de sair. Senti um calafrio percorrer-me as costas, como se elas é que estivessem transfixadas pelo espaldar da cadeira na qual o abade estava sentado.

Não levaria muito para o irmão Deocleciano me contar a parte da história que seu Cravo não contou naquela noite.

Hortência era filha bastarda do próprio Cravo com Juliana do Pudim. O fato era do conhecimento de todos, comentado por ninguém. Ocorreu-me, agora evidente, a expressão hostil de dona Gérbera ao se referir à moça na janela. As filhas legítimas do casal não podiam se dirigir à irmã, nem sabiam o porquê. A mãe mantinha as aparências cordiais para não alimentar maledicências; dona Gérbera aceitaria um harém com as aparências salvas, desde que não lhe faltassem vísceras para o sarapatel, os sapatos de saltinho baixo mandados vir da capital e que não viessem com interferência em seu dia a dia de recreios. Juliana do Pudim estufara um tanto nos últimos anos, envelhecera antes do tempo devido aos maus-tratos do amor, porém havia sido uma jovem apetitosa, a quem, apesar de casada desde a adolescência, não faltaram homens. Quando chegou a vez de Cravo do Lírio D'Água, os demais se afastaram, cedendo-lhe o lugar.

Juliana recebeu o cognome depois que o marido faleceu à mesa do almoço, interrompendo a digestão do pudim servido no prato espedaçado sob o peso da cabeça despencada. Embora mestra nesse doce, Juliana experimentava uma receita inédita naquele dia, tendo acrescentado à guiné ao molho pardo, servida de prato principal, condimentos da horta plantada por ela ao lado da cozinha, nem fazia muito. A angolista se manteve fora de suspeita, galinhas d'angola não se prestam a malandragens nem depois de mortas.

Ninguém acusou Juliana de assassinato, isso não, mas mediante as investidas de Cravo, prefeito à época, pareceu a todos que a apoplexia de Belarmino fora oportuna. Evitava-se, com o passamento do marido decerto enciumado, derramamento de sangue, quem sabe no próprio largo, único obstáculo entre as residências dos dois amantes, imprudentes e esfomeados como são os amantes nos primeiros dias.

Flor de Algodão revelava-se pouco a pouco, diferente dos gomos de algodão, que, uma vez maturados, pipocam nos ramos exibindo-se para a colheita, sem cerimônia. A cidade então não fazia jus ao nome, parecendo mais recatada do que a planta que a nomeou. Nada mais equivocado. O recato da cidade não sobreviveria à retirada do primeiro véu. Flor de Algodão encandecia no interior da brasa, por mais que a um olhar passageiro não se percebesse fogo. Talvez por isso os homens, ao se reunir no cabaré de dona Misericórdia, referiam-se ao cinismo da cidade, e ao próprio bordel, como Flor de Buçanha, essa sim, mais reservada e encoberta do que a fibra amostrada do algodão. "Embora quente do mesmo fogo", o prefeito Pelópidas Blue costumava referendar, sem convencer a ninguém, ao erguer o brinde com o uísque trazido por Gigante do Noca de suas viagens sabe Deus para onde.

Seguimos na camionete dirigida por Azulão. Quando passamos pela praça em direção à represa, o avião permanecia lá. Os jovens do tiro de guerra corriam sincronizados, em fila de quatro, sob as vistas de Rosa Morena e Tulipa. As irmãs, livros embaixo dos braços, seguiam para o colégio na esquina de cima. Rosa Morena não camuflava o interesse pela marcha dos recrutas, sorrindo uma peraltice entre zombaria e gula. Um ou outro rapaz se voltava para ela sem interromper a passada, pisando firme na terra, como quem dá motivo para a degustação. Tulipa puxou-a pelo braço e elas seguiram lado a lado, os passos sincronizados, as camisas brancas passadas a ferro, o plissado das saias azuis em harmonia com as pernas vestidas por meias brancas abaixo dos joelhos, tudo em movimento, quase um bailado. Azaleia não acompanhava as irmãs. Seu Cravo, após deliberar com a esposa, concluiu que a caçula lucraria mais recebendo a instrução escolar em casa, evitando expor tanta suavidade aos desmandos dos novos tempos, temidos e lamentados pelas famílias de bem. Com isso, a mãe tirou o pó do diploma de normalista fornecido pelo colégio Pio XII após a terceira tentativa frustrada de concluir o primário. O diploma servia para legitimar o salário recebido da Prefeitura no sofá de casa, sem exercer a função. As lições do inglês, das quais Azaleia era aluna exemplar, passaram a ser oferecidas por Gigante do Noca, versado no idioma. Percebendo os equívocos da formação acadêmica oferecida pela mãe, o professor se encarregou de cedilhar os cês, serpentear os tis e cortar os tês, tornando-se decisivo no aprendizado da menina. Zelosa com as obrigações escolares, Azaleia jamais recorreu a Aninha Tabuada nas sufocações dos alunos, embora costumasse pedir à menina que cuidava dela para levá-la ao cemitério nos finais de tarde, antes de escurecer de vez. Em frente ao túmulo da santa, gostava de aspirar o cheiro da cera ardendo nas velas subindo-lhe pelo nariz em direção à cabeça, formando vapores, até entontecê-la um pouco, deixando-a levemente fora do ar. Depois, seguia de olhos semifechados, fabricando e desfazendo escuros, sem incomodar Aninha com tentativas de corrupção hierática. "Deste labor, no que dependia da caçula de Cravo do Lírio D'Água, a menina santa não chegou a padecer", irmão Deocleciano arrematou a história, no dia em que me falou de Aninha e Azaleia pela primeira vez.

A charrete com o toldo azul recortado por uma franja amarela entrou no cenário, eu vi. Seguia pela rua que desembocava à esquerda do largo, conduzindo dona Chuta, provavelmente cochilando no banco acolchoado, como de costume, mas eu ainda não conhecia os hábitos da mulher de Gigante do Noca, limitando-me à visão da charrete deslizando devagar pela cidade. Mulheres cruzavam de um lado para o outro do passeio portando sombrinhas coloridas, o alto-falante do cinema Uirapuru anunciava a chegada do circo para os próximos dias e Villa-Lobos pastava à porta da igreja. Depois eu voltaria para examinar o motor da aeronave. Agora queria chegar à barragem e me inteirar do andamento da obra. Respondendo ao que considerei um instinto de preservação, não olhei para a janela de Hortência, percebendo pelo canto do olho que a moça permanecia emoldurada.

Gaspar, o mestre de obras, demonstrou experiência no manejo da construção hidráulica, comunicava-se com facilidade, apesar de profano na linguagem formal, como adiantou seu Cravo, e em pouco tempo me esclareceu o pé em que as coisas estavam. Não foram longe, tudo a léguas do cronograma inicial. A competência dele, ainda bem, aliviou a preocupação com minha própria inexperiência naquela engenharia, adquiri alma nova. Tratava-se de meu primeiro trabalho por conta própria desde a conclusão da faculdade um ano antes. Eu não me sentia à vontade com o rigor das matemáticas, embora em algum momento tenha optado pela matéria exatamente em função de sua rigidez. Além disso, permanecia vulnerável. Meus humores dependiam de percepções, acontecimentos e atitudes, às vezes da intenção pressuposta num olhar ou no julgamento que nem sempre me dizia respeito, mas o atribuía a mim.

Inteirei-me das pílulas no bolso da calça, decidido a não recorrer a elas.

Mais tarde, voltando à praça para avaliar as condições do teco-teco, ele não estava lá. O prefeito havia providenciado sua transferência para um acanhado barracão com estrutura de madeira localizado próximo à sede do aeroporto, onde só descem aviões de pequeno porte.

Longe das condições de um hangar, o abrigo, apesar das precárias instalações, pelo menos era coberto, fundamental para eu não me desfazer em suor durante o tempo dedicado a restaurar a hélice e avaliar os danos do motor.

De volta ao mosteiro no final da tarde, tive a impressão de ver o irmão Deocleciano saindo do meu quarto. Tão logo me percebeu do lado de cá do corredor, ele caminhou pelo outro lado e desceu com rapidez as escadas, sumindo de vista. Acelerei o passo. A porta do quarto estava trancada, a chave no meu bolso. Lá dentro, nada fora do lugar. Uma folha da janela aberta como deixei pela manhã. Admiti o equívoco, havia outras portas próximas à minha, eu vira de longe e estava apressado.

Tive tempo de retomar o corredor para o banho e trocar de roupa.

O banho frio, para minha surpresa, escorreu agradável. Consegui articular algum pensamento. O chuveiro

morno, quebrada a frieza da água, costuma ser adequado para polir as ideias e alinhar o raciocínio. O banho muito frio ou quente demais exacerba as sensações físicas despertadas pela água, impedindo que me detenha em qualquer tentativa de subjetividade, eu me distraio. Naquele momento, ao contrário do dia anterior, estava disposto a examinar juízos. Quando me informaram que ficaria hospedado no mosteiro, estranhei. Disseram-me que não existia na cidade instalação pública adequada para um jovem de minha posição, ou do que imaginavam ser a minha posição. Rede hoteleira era uma expressão desconhecida na região por não ter ao que se referir. O hotelzinho de dona Esmeralda encontrava-se em reforma há um ano e meio, talvez mais, e a pensão de seu João Mocinha não tinha nem água encanada. Por algum trato desconhecido, a Prefeitura e o abade estabeleceram essa política de boa vizinhança, fomentando no monastério algo como a abertura dos portos canônicos às nações amigas. De mão única, considerando-se que a regalia ficava restrita às solicitações da Prefeitura. Raras, pelo que percebi. Apenas o engenheiro que veio antes de mim fez o mesmo percurso. Ao dizer Prefeitura, refiro-me a seu Cravo, mentor das investidas legais e informais do município. Neste caso, o posto oficial não passa do anel de latão servindo de ornamento ao dedo do verdadeiro rei.
Samanta verteu pela tubulação sobre minha cabeça. Estanquei o pensamento molhado antes de convertê--lo em lembrança, sensação, asfixia, depois em imagem,

desligando o chuveiro, mantendo-me imóvel embaixo dele, permanecendo estático, até conseguir esticar o braço e pegar a toalha.

O jantar daquela noite seria na casa do prefeito Pelópidas Blue. Azulão estacionou a camionete em frente à residência dele. O prefeito estava à porta, recebendo Gigante do Noca e a esposa, Chuta. Surpreendi-me com o porte mirrado de Gigante, em contraste com as dimensões de dona Chuta. A mulher procurava conter no vestido apertado, de renda no colo e babados na saia, o aporte de banha ocupado em escapar pelas frestas disponíveis, enquanto entumecia com os pezinhos gordos as tiras da sandália de salto. O aroma do Shalimar recendia pelos poros, formando um halo de perfume em torno dela. O hematoma no pescoço chamou-me a atenção, mal disfarçado pelo pó de arroz espalhado por cima. Eu passaria a noite tentando evitá-lo, domesticando o olho insistente em se voltar para a mancha arroxeada, sempre que me dirigia à mulher do Gigante. Felizmente, dona Chuta, apesar do vermelho no vestido, no esmalte e no batom, era silenciosa e pouco participou da conversa. De pensamentos simples, respondia aos comentários com breve sorriso ou curtos movimentos de cabeça, sem se desfazer do leque de seda. O leque sentou com ela no sofá, depois à mesa de jantar e em seguida no caramanchão do quintal, onde nos esparramamos para fazer a digestão.

Em nenhum desses cenários a mulher de Gigante nos importunou nem me solicitou além do razoável. Embora volumosa, sua presença era pequena. Não ínfima; confortável. Evoluindo com suavidade surpreendente para o porte físico. Para meu desapontamento, seu Cravo não levou nenhuma das filhas. A imagem de Hortência na janela passou a pairar entre o meu olho e o dele, obrigando-os a pelejar, os dois olhos, soldados esgrimindo entre as letras das conversas. Dona Chuta não tardou a cochilar na cadeira de balanço. Dona Gérbera desistiu de puxar assunto com ela e bocejou. Soltou um flato nada ruidoso mas, atento a tudo e a todos como eu estava, percebi. Ela sorriu um alívio. Gigante conversava com o prefeito e seu Cravo a respeito de certo Mr. Taylor, o americano orgulhoso do dote encarregado de entumecer sua calça Lee. A calça Lee funcionava como figurino oficial do fulano, se ele não estava nu, em atividade. O prefeito chegava a gargalhar ao comentar o desempenho do Mr. Taylor em alguma peripécia que primeiro pensei se tratar de um livro, para concluir que se referiam a um filme, novela de TV, documentário ou algo do tipo. O prefeito tinha assistido às tais imagens poucos dias antes, talvez na noite anterior.

Seu Cravo, sem se interessar pelo assunto, acompanhava com expressões dissimuladas. Eu poderia jurar: ele estava mais atento a mim do que à conversa. Diante do entusiasmo do prefeito, Gigante arrotava uma vaidade que eu não sabia a que atribuir, anunciando outra viagem para dali alguns dias, no dia seguinte, em julho, quem sabe. Desta vez ficaria ausente por quatro semanas, baixou o tom de voz para comunicar, alongando o braço em direção à mulher. Dona Chuta ergueu os olhos e se comoveu, percebi pelo encolhimento das sobrancelhas. Baixou a cabeça e ficou virando os pés para dentro e para fora, analisando as sandálias de salto, os calcanhares redondos, concentrada nisso. Cerrou os olhos de um cinza nítido fazendo-os desaparecer sob os cílios postiços. O palavrório vez em quando cifrado entre os homens insinuava o conluio do qual ela preferiu se excluir, dona Chuta desapareceu do mundo por intermédio dos cílios, embarcou dentro deles, mergulhou, pronto, sumiu.

Nenhum dos três se ocupou de me colocar a par da história, fanfarreando como se eu e dona Gérbera não estivéssemos ali.

Talvez por se sentir excluída da conversa, ela começou a se movimentar na cadeira de um lado para outro sem encontrar posição, num tipo de embalo mal sucedido. Dirigi-me a ela tentando ser cúmplice. Dona Gérbera sorriu um tédio, acomodando-se afinal na cadeira.

Samanta irrompeu-me à cabeça de maneira abrupta e barulhenta, como quem despenca de um teto de vidro estilhaçado no meio da sala.

Dei um pulo e me levantei, desejando a cama estreita do mosteiro.

Os homens interromperam a conversa, voltando-se para onde eu estava.

O prefeito também se levantou.

FLOR DE ALGODÃO 43

– O que aconteceu, engenheiro?
Dona Chuta abriu os olhos, retornando à vigília, movimentando a cadeira de balanço. Seu Cravo colocou-se diante de mim e me interrogou com os olhos. Eu disse, sem saber o que dizia:
– Está na minha hora. Tenho o dia cheio amanhã.
Dirigi-me à chapeleira, como se tivesse deixado ali um chapéu.
Dona Chuta saiu da cadeira com alguma dificuldade, pegando carona em minhas palavras. Sonolenta, mal se equilibrava na sandália, caminhando com pé de caçar penico no escuro, reconhecendo o terreno com o bico do pé.
Gigante do Noca levantou e se postou ao lado da mulher. Perfilados, percebia-se com nitidez: o marido não ultrapassava os ombros da esposa.
Dirigimo-nos à porta. A casa do prefeito ocupava uma cabeceira do Largo da Matriz. No lado oposto, a igreja. À esquerda, a casa dos Lírio D'Água. À direita, Hortência na janela.
O dono da casa cumpriu o protocolo:
– Está cedo!
Dona Chuta, sem tirar os olhos do chão:
– Cedo mesmo.
Parecia pronunciar uma letra de cada vez. Ofereceu o braço para Gigante. Atendendo ao comando do marido, Dona Gérbera os acompanhou.
Saíram a pé pela calçada, os três, caminhando sem pressa sob o quarto-crescente da lua. Deitado na rua,

embaixo do poste de luz, Heitor Villa-Lobos levantou a cabeça para vê-los passar e bocejou, sem se mover de onde estava.

Após deixar dona Gérbera na porta de casa, voltaram e subiram na charrete ao lado. O casal morava afastado do centro, nos arredores da cidade, ao pé da Serra Maior.

Seu Cravo dirigiu-se ao prefeito:

– Pode entrar, Pelópidas. Quero um particular com o engenheiro.

Botou a mão no meu ombro, apertando os cinco dedos contra ele. O prefeito despediu-se e entrou.

Ficamos ali os dois. Azulão ao volante da camionete.

– O engenheiro já esteve na igreja?

– Estive hoje cedo, a caminho da barragem.

Menti.

– Só está faltando visitar aquele lado para fechar o quadrado.

Voltou o pescoço para a casa de Juliana do Pudim.

Na janela, a lampadinha da igreja riscou com o reflexo luminoso uma nesga lilás nos cabelos de Hortência.

SE OLHARMOS para uma palmeira esguia e sólida, embora delgada, no panorama de um areal, veremos o oposto do que enxergaremos se virmos Gigante do Noca desfilando pela praça ao lado de dona Chuta, vasculhando as barracas da quermesse, vergado sobre a espingarda de ar comprimido, tentando alvejar a fita na ponta da qual se dependura a colombina, para oferecer à esposa e vê-la sorrir encabulada e feliz, como costuma fazer nas festas juninas.

Gigante do Noca, beirando os quarenta, não ultrapassou a altura da criança miúda, nem excedeu a circunferência infantil. Não viu alargar os ombros, estufar o tórax, encorpar a voz, nem acompanhou o desenvolvimento dos membros, nenhum deles, a partir do comprimento mediano, mantendo-se sempre menino. Não se tratava de nanismo, nada disso, suas medidas eram proporcionais, as orelhas caíam-lhe simétricas pelo rosto de boas feições, as linhas distintas. Quando o conheci, e com certeza durante o tempo que viveu, o homem de quarenta anos cabia no corpo e nas roupas do menino de doze, limite do seu crescimento físico.

Feito Rui Barbosa discursando em Haia, costumava dizer, sem que ninguém precisasse perguntar, que a estatura dos homens de sua família era aferida do pescoço para cima, subvertendo as lições de anatomia a dividir os humanos em cabeça, tronco e membros. Nessas ocasiões alinhava os dedos da mão embaixo do queixo, deslocando-os pelo rosto, ultrapassando a cabeça, até elevá-los num aceno quase alegórico. Conseguia com isso alongar um palmo.

A população da cidade endossava a fala, destacando-o pelo alto saber. Gigante, filho único do finado Noca, exímio artesão de asas dos anjos de procissão, marcara época como professor do Grupo Escolar. Nos últimos anos dedicava-se apenas à literatura, com exceção das aulas de inglês ministradas a Azaleia, por consideração ao pai dela, satisfeito por corresponder ao interesse da menina. Na primeira vez que conversamos um pouco mais, quando estive em sua casa, ele me disse que o livro no qual vinha trabalhando fechava a trilogia da saga de pigmeus superpoderosos. A vendagem dos seus livros, considerável para um escritor distante dos grandes centros de um país sem leitores, garantia a média de uma publicação a cada dois anos, perfazendo oito já publicados. Alguns deles resenhados em jornais da capital, com críticas favoráveis na maior parte das vezes. Dois, adotados por universidades estaduais, referência de narrativa contemporânea. "O Gigante Reduzido a Dedal" foi leitura obrigatória no Colégio Marista de duas capitais durante três anos seguidos, levando-o a se tornar o primeiro entrevistado do programa dedicado à cultura incumbido de inaugurar a televisão local. Não é pouco para quem não participa da intensa troca de gentilezas e agradinhos entre pares, como era comum no universo acadêmico-intelectual daqueles tempos. Eu ainda não sabia que o quarto dos fundos de sua casa fora convertido, após um ajuste e outro, em depósito dos próprios livros comprados por ele em sigilo para incrementar a vendagem da edição, garantindo sua permanência no mercado, mesmo que em escala inferior a Jorge Amado, o escritor que dividia com Marcel Proust sua predileção literária. De Jorge Amado admirava a facilidade em tornar palatável tudo o que sua imaginação decidisse destacar: da geografia e costumes de sua terra aos sabores culinários. Em mãos menos habilidosas a mistura indiscriminada de abaetés, batuques, jagunços e coentro pareceria certamente indigesta. Na colher do escritor baiano os ingredientes se baralhavam até produzir iguarias dignas de se harmonizar ao mais exigente paladar. Quanto ao escritor francês, tamanha era sua devoção, que Gigante se aprofundou no idioma para ler os sete volumes de *Em Busca do Tempo Perdido*, degustando a lírica original: *À La Recherche Du Temps Perdu*, fazia questão de aproximar o máximo possível seu sotaque ao acento francês. Sentado no colo da esposa, pressionava os lábios da mulher usando os dedos da mão, formando uma espécie de funil para ela fazer o biquinho necessário à pronúncia correta do u – "Não é i nem u, *ma chérie*, mas um *intermezzo*. Junte os beicinhos feito fosse me assoprar um beijo, assim, isso, agora assopre". – "*Touché!*" –, arrematava batendo palma, avultando o sotaque da esposa, tão francês quanto a mistura de farinha seca, manteiga de garrafa e carne de sol, o trio preferido do casal.

Se não estava escrevendo, dedicava tardes inteiras à obra de Proust, desfilando com o livro aberto pela casa, lendo em voz alta para ela, treinando ambos os idiomas: o francês e o português. Nessas ocasiões, dona Chuta grudava um sorriso anêmico na boca, a fim de esconder a sonolência provocada pelos intermináveis parágrafos, a profusão de personagens e as descrições minuciosas. Quando a leitura era feita em francês, chegava a cochilar, sempre com o desenho do sorriso nos lábios, sem com isso causar melindre a Gigante, enternecido com a boa vontade da ouvinte, sacrário de todos os seus enredos. Vez ou outra, para enaltecer a lírica do escritor, ele amontoava livros uns em cima dos outros e subia no parlatório improvisado, transformando-se no orador magnético que gostaria de ser, exibindo-se, cada vez mais impetuoso, para a esposa, única espectadora dessa plateia suposta. Dona Chuta acordava e antes mesmo de passar a mão pelos olhos para despertar de vez aplaudia-o com entusiasmo verdadeiro.

Os trigêmeos órfãos, Primeiro, Segundo e Caçula sentiram-se lisonjeados quando Gigante lhes emprestou cada um dos sete volumes da obra. A lisonja tinha razão de ser, pois os livros não saíam da cabeceira da cama em direção a outras mãos que não as dele. Ainda assim, foi um volume por vez. Mal o livro sumia de vista, Gigante era tomado por uma saudade nada diferente da saudade que sentia de Chuta quando a mulher se ausentava da cidade para visitar a família em Vila dos Remédios.

Apesar da dedicação à literatura, os rendimentos responsáveis por esses privilégios, incluindo o camarote no Scala de Milão durante o festival anual de ópera, os pequenos, mas confortáveis, apartamentos de São Paulo e Nova York, que só ele e a mulher compartilhavam, nada deviam às personagens bem construídas, à narrativa ao mesmo tempo densa e fluida, ou à incrível facilidade em capturar o leitor para o universo de sua produção fantasiosa; longe disso.

Desses pormenores, porém, só tomei conhecimento mais tarde. Vendo-o se afastar braços dados com a esposa na noite do jantar na casa do prefeito Pelópidas Blue, a única dimensão que eu podia alcançar de sua figura era a dimensão física, porquanto não dispunha de outra informação.

Foi então para a cena burlesca que me voltei, tentando encerrar a conversa com seu Cravo, ao desviar a minha atenção e a dele do assunto que nos mantinha em pé na calçada àquele horário. Uma das poucas atividades que ainda me divertia era observar as pessoas ridículas. Os procedimentos bizarros. A libertinagem dos instintos e dos desejos indomados alheios às esporas do bom-senso, bravos cavaleiros a serviço das espontaneidades, capaz de me sugerir desprezo, mas não de despertar qualquer brutalidade.

Permaneci assistindo ao casal.

– Apesar de miúdo é um grande sujeito! – seu Cravo interrompeu meu pensamento, como se estivesse dentro dele.

Olhamo-nos por segundos antes dele continuar:

– Saiba que me empenhei pessoalmente em sua contratação para a represa. Desde a construção do mosteiro, alavancando o progresso de Flor de Algodão muitos anos atrás, a represa do Lírio D'Água é o projeto mais audacioso não somente dessa gestão, mas de toda a história de nossa cidade. Faça por merecer o seu nome bem acompanhado na laje de cimento que será esculpida para eternizar os artesãos.

– Para isso estou aqui – falei de pronto. Deveria ter acrescentado: não tenho outro interesse na cidade e as aventuras amorosas ou lunáticas da janeleira não me dizem respeito, contudo calei e estendi a mão para me despedir.

Ele não retribuiu.

– Sou um cidadão comprometido, engenheiro. Da mesma maneira que me empenhei na sua contratação, iniciei os acordos para levá-lo ao outro lado da praça.

Apontou a janela e afinal estendeu-me a mão.

– Não sei se o doutor teve tempo de perceber, mas Hortência e a represa do Lírio D'Água são águas da mesma fonte, estamos em navegação, e o timão está comigo.

Sorriu uma aliança inexistente.

    Pedi a Azulão para dar outra volta pela cidade, mas, desviando a atenção da paisagem silenciosa, voltei-me para ele, examinando seu rosto pela primeira vez. Um rosto rude, queimado pelo sol. A pele grossa e macilenta formava ondulações na testa e linhas rugosas no rosto. E o silêncio. Eu gostava de estar ao lado de Azulão. Não sentia falta das palavras que não saíam de dentro dele. Parecia-me, inclusive, que não existiam palavras imobilizadas ali, os anos de mudez desfizeram o mecanismo de formá-las. Azulão se ligava ao mundo por uma espécie de abstração, tela branca na qual foram atirados litros de tinta de maneira aleatória, compondo um mosaico difícil de interpretar. Embora eu procurasse me manter ocupado todo o tempo na tentativa de interditar pensamentos intrusos, o silêncio ao lado de Azulão de fato não me incomodava. Pelo contrário, fazia-me desaparecer por dentro de mim, como ele mesmo desaparecera na tela silenciosa que ocupava.

    Rodamos durante um bom tempo, entrando e saindo da cidade pela estrada de terra circundando as montanhas.

    Desta vez fui mais direto, pedindo a ele que passasse em frente à janela onde Hortência morava. Passasse devagar.

    Aproximava-se da meia noite, a lua era crescente e havia aquele bordado de estrelas estendido no céu sem nuvens quando não vai chover, sentia-me bem.

    O carro parou em frente à janela.

Hortência permaneceu imóvel. A cabeça virada para o traço de lua deixava-a de perfil, fiquei olhando. Ela começou a se mover lentamente, voltando-se para a camionete, encarando-me de frente, fixando o olhar.

Então a vi.

Os cabelos pretos escorrendo até os cotovelos apoiados no parapeito pareciam mesmo refletir as lampadinhas coloridas adornando a igreja. Seu rosto exalava uma doçura de berço. Notei a almofada forrando o peitoril, amortecendo os cotovelos no cimento.

A poucos metros, eu a distinguia quase com exatidão. Hortência era mais bonita do que eu tinha imaginado e espraiava-se para fora da janela, distendendo-se sem sair do lugar. Fui atingido.

Como pôde enlouquecer? Foi a pergunta que me fiz, assim que mandei Azulão dar a partida. Não suportei os olhos de Hortência voltados para mim. A visão da almofada onde apoiava os cotovelos me perturbou. Pedi que saíssemos dali. Ligeiro, devo ter acrescentado.

A beleza sempre me sensibilizou. A candura nem tanto. Talvez por não acreditar de todo nela. Ocorria, entretanto, na candura de Hortência, alguma selvageria a credenciá-la, eu vi de perto. Talvez a loucura; a paixão pelo morcego; a almofada para apoiar os cotovelos. Naquele momento, o fato de ter sido seduzida pelo morcego e não por uma águia, algum beija-flor, o canto histérico do sabiá-laranjeira ou por qualquer outro pássaro de bela plumagem, transformou-a em animal de grande porte. O animal acenava em minha direção. Convocado, tratei de frear o instinto de caçador. De predador. Conheço meu poder de destruição, também sou pedra.

Hortência, apesar de exposta ao abate, parecia-me, também ela, armada de boa munição, como quem guarda fuzis de caça em caixa de porcelana.

Eu estava na cidade para administrar a construção da barragem. A barragem tornara-se necessária em função da escassez das chuvas, comprometendo o abastecimento urbano, a metodologia rural, a saúde das criações, isso era tudo. Eu não era dali, nem tinha ido para ficar. Apenas não podia voltar para onde parti, nem para o que ficou pra trás. Não botaria em risco a primeira atitude épica de minha vida adulta, portanto nada me desviaria desse propósito. No vigor da minha juventude, eu só tinha passado; urgia me tornar contemporâneo.

Para meu sossego, a trepidação da estrada bagunçou os pensamentos, jogando-os uns por cima dos outros, arrastando alguns, varrendo muitos, trocando tudo de lugar.

Chegando ao mosteiro, parecia outra vez plácido.

Tudo em ordem no meu quarto. Abri as duas folhas da janela e apoiei as mãos nas grades de ferro.

Pelo caminho de pedra que dá acesso à cela na qual são punidos os meninos infratores, seguia uma procissão de monges, todos de vela na mão.

Desliguei o abajur para não ser notado, recuei, fechei uma folha da janela e continuei olhando.

Eles iam e voltavam em ondas. De cabeça baixa, uns; olhar adiante, outros. À frente, o abade que conhecera pela manhã, espargindo a água benta coletada numa caldeirinha, um acéter, algo assim.

Não vi o irmão Deocleciano, embora o tenha procurado entre eles.

Fechei a janela e sentei na cama. Estava exausto. Mais por dentro que por fora.

Ainda sentado no escuro fiquei na folhinha do Sagrado Coração ensanguentado o dia que iria amanhecer dali a pouco.

Deitei e, sem mesmo puxar o lençol, agarrei no sono.

DESSA VEZ FUI eu que retive a imagem de Samanta caminhando de um lado para o outro na nossa casa, mal abri os olhos pela manhã. Devo ter sonhado com ela durante a noite. A lembrança dos meus sonhos não costuma sobreviver ao despertar. Se muito, escassos fragmentos, desfeitos aos primeiros movimentos do dia; vez ou outra, rastros, que não me interessa descobrir onde vão dar. Mas Samanta, que nos últimos tempos trocara a ironia pelo cansaço, amanheceu à minha frente com o corpinho magro sempre pronto para responder aos impulsos.

Como num filme que se repete, estávamos, eu e ela, sentados no chão da casa antiga, desembaraçando os flocos de algodão que nossa mãe ia distribuindo pelos galhos da árvore de Natal. Mamãe dizia que, antes de nascermos, ela nunca montara uma árvore dessas de borracha porque, mesmo não havendo pinheiro na nossa cidade, ela preferia qualquer árvore parecida com pinheiro, mas

que fosse de verdade, dessas que morrem se não recebem água. E só admitia espalhar algodão pela árvore emborrachada, a despeito do país tropical onde vivemos, porque eu e Samanta amávamos a neve. Era para ver a neve que íamos ao cinema de mãos dadas. De volta, quando pensavam que dormíamos, eu levantava da minha cama, ela, da sua, para soprar um no outro as rodelinhas de papel que cortávamos à tarde, depois de esvaziar o saco de confetes com as sobras do carnaval.
Pulei da cama e abri a janela para respirar.
Bateram à porta.
Abri.
Irmão Deocleciano entrou com o sorriso prateado, movimentando a incrustação dos dentes. Caminhou até a janela entreaberta e vasculhou lá fora. Senti que não devia mencionar o que vira durante a madrugada, nem fazer qualquer pergunta.

Ele se ofereceu para me acompanhar ao café da manhã, "ainda estou em jejum", balançava os braços para frente e para trás enquanto caminhava pelo quarto, observando as paredes, uma, depois a outra, a outra, como se as visse pela primeira vez. Disse que eu causara boa impressão na paróquia. Voltava da missa das seis na Igreja de Santa Margarida, atendendo ao pedido do padre Estrelinho para substituir o sacristão, acamado de febre. Não se nega um chamado do padre Estrelinho, conhecido pela irreverência e alguns ensinamentos considerados bizarros pelos mais moderados, mas, acima de tudo, pela fidelidade aos próprios comandos. Os paroquianos perguntaram pelo engenheiro, "que jovem é!", animados com minha presença na cidade. Queriam as máquinas de volta ao trabalho na represa. Não viam a hora de aposentar os tonéis e os potes usados para armazenar água, não estavam habituados a isso, antes desse estio não lhes faltava chuva. Acharam-me bonito, concluiu com o risinho brincalhão, dando-me uma chapuletada no braço com os dedos da mão, me puxando para fora do quarto.

Ao passarmos em frente à porta de ferro pintada de verde, ouvi ruídos de gato, sibilantes, como quem se prepara para o ataque ou responde a um tipo qualquer de provocação. Temi que irmão Deocleciano me convidasse para descermos a escada, porém passamos reto. Um pouco adiante, identificando o zunido vindo lá de baixo, ele vergou a coluna e apressou o passo, obrigando-me a fazer igual. Sem frear a marcha, voltei-me, cogitando talvez entrar na sala, prestando mais atenção aos homens e às coisas dessa vez, mas não disse nada e seguimos para o refeitório através do claustro.

Estávamos com fome. Comemos carne de sol passada na farinha, banana da terra frita na manteiga, mingau de milho e tomamos duas canecas de café com leite cada um. Por sorte, herdei o corpo esguio do meu pai. Deocleciano não teve a mesma chance.

A caminho da represa, cruzei com a charrete de dona Chuta parando embaixo da mangueira ao lado da casa ao pé da serra onde morava com o marido. Ela desceu devagar, ajudada por Angústia, a criada herdada da mãe, cumprimentou-me com o aceno breve e entrou pelo portãozinho aberto, de cabeça baixa, não como quem se intimida, mas como quem se encasula, virando-se ao ultrapassá-lo, para fechar, sem erguer os olhos. Por aqueles dias a mulher andava exausta. Gigante concluía o derradeiro livro da saga dos pigmeus superpoderosos, enquanto desenvolvia o roteiro para a produtora americana de cinema pornô que o mantinha sob contrato exclusivo, esta sim a atividade responsável pelos luxos desfrutados mundo afora com a esposa. Não exatamente as produções pornográficas de baixo custo destinadas a alimentar o onanismo pouco exigente. Suas histórias, misto de pornografia e erotismo, passaram a ser disputadas pelos produtores de outro nicho do mercado em expansão. Nos últimos anos, descoberto por profissionais do cinema de entretenimento, penetrara no universo fechado de Hollywood, e para lá enviava roteiros, usando o pseudônimo sugerido pelo produtor americano. Um erotismo sofisticado, embora atrevido, estrelado por artistas iniciantes ou em fim de carreira. Sua identidade era mantida em segredo, apenas elementos-chave da produção dos filmes o tinham visto de perto alguma vez, e isso contribuía para a mítica criada em torno dele entre os profissionais do meio, – "o meio" –, como gostavam de se referir uns aos outros, diferenciando-os dos demais.

Criativo e com invejável capacidade de trabalho, Gigante fazia por merecer centavo por centavo dos contratos, mais formidáveis a cada roteiro. Para isso não abria mão da participação da esposa, o piloto de testes fundamental nos ajustes do script, com intervenções práticas e o relato das experiências às quais o marido a submetia durante a escrita, ele mesmo artífice e protagonista das ousadias eróticas.

Ao final das sessões, dona Chuta dirigia-se à charrete estacionada embaixo da mangueira, acomodando-se no banco largo lá atrás. Acompanhada por Angústia no controle do cavalo, desaparecia noite adentro pelas cercanias da cidade. Tomavam as trilhas na mata, nos arrabaldes das montanhas ou pelo meio delas, onde a temperatura estava sempre um ou dois graus abaixo do calor das horas. O chacoalhar do banco e o frescor da noite a faziam adormecer, como se ninada; do contrário, não conseguia dormir, exaurida pela lida doméstica: Gigante estava trabalhando na adaptação de contos do Marquês de Sade, roteiro com intensa atividade sadomasoquista, de elevado teor sexual.

Se a noite era de lua, dona Chuta pedia à empregada para enrolar o toldo, a fim de tomar o banho de lua e estrelas. Recostava-se no banco, abria o leque, fechava os olhos e expunha o colo gordo para os olhos da noite.

Retornava para se deitar ao lado do marido, revigorada.

Eram felizes assim.

Pelo meio da manhã deixei os trabalhos na represa e fui ao barracão iniciar os ajustes no teco-teco. Já diagnosticara problemas no dia anterior. A lubrificação deficiente estava corroendo os impulsores. Surpreendi-me, afinal eu mesmo fizera a troca de óleo e voava no prazo de validade. A deficiência na manutenção, com prejuízo do motor, aliada a avarias no eixo que faz rodar a hélice, obrigava-me a reconhecer minha habilidade para pousar a aeronave naquelas condições, saindo inteiro lá de dentro. Seu Cravo ficara de acionar o portador para trazer da capital algumas peças danificadas. Isso levaria dias, mas havia providências mais simples a ser tomadas por enquanto.

Não seria preciso chamar técnico de fora, nada disso; eu gostava de vasculhar a mecânica dos aviões, o cheiro de óleo, o imbrincado das peças e as soluções de continuidade entre elas. Para tanto iniciara o curso quando ainda frequentava a faculdade, embora não o tenha concluído.

Mais do que construir represas e abrir estradas, levantar casas e edifícios, nasci para pilotar aviões, balões a gás, quem sabe dirigíveis, e motocicletas. Seria piloto de voos internacionais, Boeing com larga autonomia de voo, não fosse essa atração pelos bastidores da engrenagem, como se precisasse me apossar, não só do corpo da aeronave, mas da alma. Eu, o próprio computador de bordo. Os pilotos satisfeitos com cabines computadorizadas agem como o cozinheiro que acende o fogão portando pinças, sem nem mesmo tirar o relógio de pulso antes de manipular os temperos; – "o engenheiro artesanal" –, Samanta sentenciou certa vez, entre aclamação e desprezo.

Quanto ao interesse pelas motocicletas e a breve sensação de liberdade que essas máquinas são capazes de proporcionar, encontrei cumplicidade em Deocleciano, ele mesmo devoto.

Não identifiquei de pronto o som das cornetas, da zabumba e do pandeiro, ao ouvir o barulho. Saí à porta do galpão, e lá vinham eles anunciando o circo. Duas bailarinas à frente do desfile executavam piruetas com braços e pernas, dirigindo-se às pessoas que de um lado e do outro da rua aplaudiam com entusiasmo. Dois palhaços equilibravam-se sobre pernas de pau, a mulher barbada assoprava fogo pela boca, deixando os meninos de boca aberta. À minha esquerda, uma mocinha de cabelo escorrido carregava o filho escanchado na cintura, quase desfalecido quando entrei no galpão, agora se sacudindo no flanco da mãe, totalmente desperto. A mãe, num vestido desbotado responsável por deixar de fora boa parte das pernas magras, assoava o nariz do menino, descartando com um peteleco de dedos o catarro aguado, sem tirar os olhos da rua.

    Na carroceria do caminhão pintado de amarelo e vermelho desbotado pelo sol, o dono do circo falava ao megafone, vibrando o chicote em várias direções, desenhando círculos pelo ar, fazendo escapulir no ímpeto dos movimentos o bigode postiço que ele tentava amparar com o ombro num contorcionismo divertido. O latido dos cachorros de rua ofuscava apenas em parte a barulheira da música subindo do chão de onde há pouco só se levantava a poeira.

Rosa Morena e Tulipa acompanhavam vestidas no uniforme do colégio, lá atrás, sem participar da algazarra, os olhos vasculhando tudo, cadernos apertados contra o peito. À frente delas, dois trapezistas exibiam o peito nu e o rosto empostado, virando-se para os dois lados da rua mais para ser vistos do que para ver, embora, olhando-se para eles, não se visse nada que justificasse uma segunda análise. Usavam malhas colantes, e das sapatilhas empoeiradas não se distinguia a cor. Tulipa os acompanhava com o sorriso entre travessura e deboche, enquanto Rosa Morena se dirigia a eles com o rabo do olho. Azaleia, de mãos dadas com a menina que cuidava dela, manipulava o nariz de palhaço grudado por cima do seu, sorrindo alegria para todos os lados. Fiquei contente com sua passagem pelo meio do corso, integrada e alheia à festa, mas quem atravessou a rua para estar próxima foi Rosa Morena. Ela me cumprimentou com os olhos de falso tédio, baixando a cabeça naquele movimento da tartaruga recolhendo-se ao casco sem se demorar por lá, projetando a cabeça de volta para fora a fim de me ver, virando-se, fazendo escorrer o cabelo pelo ombro e ao longo do braço, tentando avaliar com a ponta do olho o efeito do desempenho. Pareceu amuar com o meu entusiasmo discreto e apressou o passo, puxando a irmã pela mão.

Eu observava a passagem dos cavalos ao final do desfile, quando me dei conta da presença de seu Cravo ao meu lado. Nem o vi chegar. Ele estendeu o braço e segurou meu ombro, movendo a cabeça de um modo afirmativo, satisfeito com o que via.

— Você perdeu de ver os olhinhos dela no momento em que a trupe passou em frente à janela.

Associei o entusiasmo à imagem de Azaleia, sempre terna sua passagem, embora não tivesse dúvida de que ele se referia a Hortência. Abaixei a vista sem responder, movimentando para um lado e outro uma pedra embaixo do sapato.

— Juízo de gente não vale grande coisa. É um fio de cabelo, uma cordinha vocal sem agasalho, uma taça de cristal. Quebra por qualquer coisa. Ainda mais uma alma frágil como a de Hortência. Frágil alma. Apesar da boa fortuna do espírito.

Permaneci calado.

— Nunca temos novidades por aqui, portanto aproveite. Esteja lá essa noite — tirou a mão do meu ombro e apontou para o corso virando a esquina de baixo.

— O senhor vai ao circo?

— As meninas vão com Gérbera. Em matéria de circo, prefiro o lado de fora da lona. Sou do cinema. Os grandes musicais.

Retirou-se sem mais, tomando a direção contrária ao desfile.

FLOR DE ALGODÃO 65

Acompanhei-o com os olhos.

A marcha do senhor Cravo servia apenas para fazê-lo se locomover. Não o diferenciava de qualquer animal bípede, nem o personalizava de nenhuma forma. Não era lenta nem rápida, desarticulada ou ágil, assexuada ou viril. Se o víssemos de longe, não seríamos capazes de distinguir-lhe a silhueta por outra variável que não os contornos físicos. Não havia macios em seus movimentos. Graves também não havia. Não apresentava sinuosidade nem extravagância, conduzindo-o sem significado, mero veículo de fazê-lo chegar ou partir. Tentei lembrar se percebi essa postura árida ao vê-lo sentado ao piano, na primeira noite. A arte seria capaz de soprar espírito naquele corpo estéril que, virando a esquina, sumindo de vista, deixava de existir?

Gigante do Noca, miúdo daquele tantinho, era todo espírito.

Eu começava a fazer as discriminações.

Irmão Deocleciano não estava menos animado do que a gente que eu vira na rua aplaudindo os artistas do circo. Mesmo se eu não tivesse intenção de assistir ao espetáculo naquela noite, seria contaminado pelo entusiasmo dele. Não falava em outra coisa desde que o encontrei à porta do banheiro esperando, as mãozinhas redondas bolinando-se entre elas, irrequietas. Mas eu já tinha decidido ir.

E fomos.

O circo foi armado em um terreno próximo ao rio. Era maior do que eu imaginara, ocupando o espaço do ginásio de esportes, cuja execução não saiu do papel. A área estava bem iluminada. Para minha admiração, o circo tinha seu próprio gerador de luz, transformando aquela margem do rio numa ilhota fosforescente.

Quando chegamos, era grande o burburinho à entrada. A charrete parou ao lado da camionete. Gigante saltou sem se voltar para os lados, retornou um passo e ofereceu a mão para ajudar dona Chuta a descer.

Ela, compreendendo a simbologia do gesto, não soltou o corpo sobre a mão do marido, encarando a atitude como apoio estético, deduzi. Pendeu a cabeça sobre a cabeça dele, agradecendo, alinhando-se em seguida.

De onde eu via, ela pareceu animada, adornada por uma estola de raposa, o colo pipocado de bolinhas de suor. Alisou os folhos do vestido com as duas mãos, abriu o leque, olhou a vizinhança e sorriu um morango pelo meio das bochechas vermelhas de ruge.

Gigante empertigou-se, orgulhoso da exuberância da esposa. Demonstrava pelo modo altivo com que se deixava conduzir por ela em meio ao entra e sai de gente. Ergueu a cabeça ao mais alto e seguiram em direção à lona.

O prefeito, postado ao lado do canhão de luz à entrada, cumprimentava quem lhe estendesse a mão, asseando-a sempre que possível na mistura de álcool e água mantida nos bolsos da calça e do colete, dentro de pequenas garrafas de vidro. Não desfazia em nenhum momento o rosto cosmético. Vestia o terno de linho, seu uniforme oficial. Este tinha o tom de palha e vincos engomados na calça. Apesar dos vincos a ferro, a calça se mostrava folgada ao redor dos joelhos, denunciando o uso desde a manhã. Os sapatos engraxados reluziam à luz das lâmpadas. Pretos, porque depois do sol se pôr não se admite outra cor para os sapatos dos homens.

As meninas do senhor Cravo chegaram juntas, acompanhadas da mãe. Notei que dona Gérbera e as duas mais velhas portavam leques semelhantes aos de Dona Chuta, em outros padrões de tecido. Abriram os leques rapidamente, apenas para exibi-los, depois os fecharam, mantendo-os na mão.

Azaleia foi direto ao carrinho dos pirulitos. Escolheu o vermelho e voltou para perto das outras. Samanta sempre escolhia pirulitos de framboesa numa época em que nem conhecíamos a fruta, não havendo como distinguir-lhe o sabor. Minha irmã corria o pirulito de um canto ao outro da boca, como passasse batom, depois o escorria por minha boca devagar, deixando nossos lábios cintilantes, divertindo-se com isso. Teve a tarde do domingo no qual ela juntou o lábio dela ao meu para, deslizando um no outro, experimentarmos o contato dos lábios açucarados. Agora, ali, próximo à barraca dos confeitos, eu quase podia sentir a fragrância da framboesa. Constatei outra vez que seria penoso me manter distante de Samanta, porque estava impregnado dos anos que antecederam a partida, e alguma coisa em mim insistia em vasculhar os sabores. Quando se abandona um vício, deixa-se ao lado dele um pedaço da alma.

Os trigêmeos chegaram perfilados e vieram me cumprimentar. Na cabeleira vasta de Caçula cintilava a brilhantina usada com abundância. Desde sempre o mais vaidoso dos três, fazia jus ao apelido de infância, comportando-se como o filhote mimado que não chegou a ser, por falta de quem o mimasse; vontade de ser mimado teve pelo corpo todo.

Pouca gente se dirigia a ele pelo nome de batismo: Eurípedes, inadequado para um recém-nascido, o nome maior do que a criança, na cabeça de quem teria espocado o juízo, o menino indagou a todo mundo, tão logo se inteirou da sua existência e do exagero do nome. Tornou-se Caçula nos primeiros dias, irmão Deocleciano continuou a contar, mal os três nos deram as costas, sumindo por dentro da lona.

Dos trigêmeos, Eurípedes foi o último a nascer. Durante o parto, após o nascimento dos mais velhos, deu-se uma pausa no expediente obstétrico. O parteiro, seu Cordeiro de Deus, viu-se obrigado a decretar que o terceiro estava encruado no funil do paridor. Existia, mas ficara lá, a meio caminho, Cordeiro não tinha dúvida da estampa desse terceiro, testemunhou sua tentativa de nascer, viu quando projetou a cabeça pelo canal do parto, acompanhando seu recolhimento tão logo a criança constatou as condições do quarto, a cara muito feia do parteiro e a distância entre a plataforma do nascimento e a bacia com água morna deixada no chão, embaixo do tamborete. A bacia foi colocada entre as pernas do banco sem assento para amparar a descida do menino. Equilibrando-se em cima do banco, soprando com força a mão fechada para induzir as contrações, a mãe se contorcia de pernas abertas e bochecha roxa, nas evoluções de parir. Deocleciano se divertia ao lembrar a história, como se estivesse presente no quarto, avistasse a bacia de alumínio no chão e revivesse a cena na entrada do circo, simulando talvez o próprio nascimento, a algazarra ao lado se tornando maior. Continuou remedando o trabalho de parto, exagerando nos gestos e os maneirismos, fazendo um losango das pernas, chacoalhando o corpo, sem ligar para as rodas se formando à volta.

Diante do espanto, Cordeiro de Deus se manteve calado um dia ou dois, perambulando para um lado e outro sem conversar com ninguém, voltando a casa pela manhã e à noite, vez ou outra pelo meio da tarde, para se inteirar dos fatos. – "Nenhuma novidade por aqui?" – Encarregou-se de devolver o assento para o tamborete, costurou ele de volta, alinhou as pernas trôpegas do banco deixando-o ao lado da cama, agora mesinha de cabeceira apta a amparar as brevidades do resguardo.

Finalmente, preocupado com a saúde da mulher e o descompasso deste último filho, resolveu dizer o que viu, enquanto acompanhava com o olho o desempenho da vizinha dentro do quarto. Fazendo as vezes da mãe estendida na rede armada por cima da cama, dona Cacimira soprava a fumaça do cachimbo no umbigo de um menino, depois do outro, a fim de cicatrizar os cortes, absorta na função, os ouvidos longe do que ele dizia, cantarolando só de quando em quando uma cantiga morna de ninar. Enquanto falava, e finalizado o banho de fumaça, Cordeiro passou a ajudar a vizinha na troca dos cueiros dos dois, corriqueiros no hábito de se sujar ao mesmo tempo.

Conforme temia, sua reputação foi abaixo de zero, ninguém o levou a sério, onde já se viu tal bagunça no corredor do nascimento, o irmão Deocleciano agora ria de gargalhar, alheio a quem se aproximava ainda mais na tentativa de ouvir o que ele dizia com o corpo inteiro.

A mãe dos meninos, após o alívio das primeiras expulsões, voltou a reclamar de desconforto no baixo ventre, quem sabe empanzinada por uma refeição mal digerida, o engulho subindo e descendo pela barriga enfastiada, permanecendo nesse desassossego até o quinto dia do resguardo. Ao sexto, o filho preguiçoso de nascer rebentou lá de dentro no momento em que ela se sentava na cama para tomar a canja de parida oferecida por Cordeiro na hora do almoço.

Caçula veio ao mundo com tanto ímpeto que a parturiente não sobreviveu, deixando os trigêmeos, já sem pai, órfãos também de mãe, três querubins, dona Cacimira sentenciou. Cordeiro, sem que ninguém se opusesse ou reivindicasse outra coisa, tomou para si a criação dos recém-nascidos, nomeando de Eurípedes este último, por se tratar de nome formal e austero, tudo o que faltou ao retardatário por ocasião de nascer.

Passado o susto e silenciadas as bocas, o desfecho benigno restituiu a confiança no parteiro. Sua reputação se expandiu com rapidez, o rastilho se espalhou por uma comarca atrás da outra, arrodeou as serras até ganhar a estrada, a rodagem e a rodovia principal, seguindo pelos trilhos desativados do trem tomados pelo mato, mas com ensejo de chegar. Se não era pequena antes do evento, a reputação agigantou-se depois, Cordeiro de Deus aparou todas as crianças nascidas a partir dali, não apenas em Flor de Algodão, mas nas redondezas, alcançando a consagração quando o governador do Estado enviou seu aviãozinho da capital para buscá-lo, a fim de expelir o primogênito encabulado de escoar pelos canudos delicados da primeira dama.

Seu Cravo, que agora dera para se materializar do nada, interrompeu a conversa e passou a mão pela barriga de Deocleciano, deslocando os dedos pela corda do cinto, arrochando a corda, fazendo-o calar:

– O irmão está mais excitado do que viúva de marido rico.

Ao se voltar para mim, sua animação parecia real:

– Fez bem em vir espichar as pernas, engenheiro. O mosteiro é agradável, entretanto é mais indicado para as caladas da noite.

Permanecemos calados.

– Estou de passagem. Só vim ver as minhas meninas e apreciar o movimento. Tenho uma récita ao piano. Solitária. São as melhores.

Reservaram-me um camarote de frente para o picadeiro, entre o camarote do prefeito e o destinado a seu Cravo, ocupado pela mulher, Beladona e as filhas. Ao lado, dona Chuta tentava se equilibrar numa das quatro cadeiras de madeira componentes da frisa, forrada pela almofada de veludo trazida por Angústia no início da noite. Ao conseguir, virou-se para o palco e não tirou os olhos de lá.

No instante em que apagaram a luz da plateia iluminando o picadeiro, as mulheres ao meu lado sacaram os leques e os abriram todos ao mesmo tempo, parecendo orquestradas por um maestro exigente. Eurípedes, o Caçula, era quem tecia esses leques na pequena oficina de costura mantida em casa. A maioria da produção era destinada a dona Chuta, à esposa e às filhas do seu Cravo, porém Caçula negociava com um revendedor da capital, interessado em expandir o negócio. Era ele quem fazia as almofadas usadas por Hortência para proteger os cotovelos no peitoril da janela, algumas com traçados à mão de extrema delicadeza.

"Um homem não seria capaz de toda essa maciez", irmã Ave Maria comentou certa vez, enquanto, com uma dessas peças na mão, escorria os dedos pelo algodoal florido nas linhas do bordado. Caçula tinha mãos de fada para os trabalhos manuais e isso nem sempre o aprazia. Muitas vezes, constrangido com a suavidade das mãos, transferia a autoria dos floreios para Juliana do Pudim, depois de combinar com ela o acerto. Juliana se apropriava do trabalho como fosse seu, sem nunca esclarecer os detalhes de execução das peças, apesar da insistência das mulheres nos encontros entre amigas para a troca de alfinetes e as merendas dos fins de tarde. Quem a conhecesse melhor perceberia que daquelas mãos ágeis na mistura de açúcar e ovo não sairiam bordados com tal tessitura, contudo eram poucas as pessoas na cidade a conhecê-la bem. Apesar de acessível e cordial, Juliana contava um a um todos os dedos das mãos antes de desfraldar bandeiras e permitir intimidades.

As bailarinas vistas à tarde no desfile da rua abriram a apresentação. Pareciam outras, favorecidas pela iluminação do picadeiro. Vieram os malabaristas atirando para o alto os cones coloridos, os trapezistas exibindo os mesmos músculos mirrados dentro das malhas cor da pele, a mulher barbada trocando bizarrices com os palhaços que, buscando ser galhofeiros, faziam cuspir água dos revólveres de plástico, molhando um ao outro, deixando respingar a água no lado da audiência onde estavam os meninos mais turbulentos. A seguir vieram os caubóis montados nos cavalos. Eram dois e anunciavam o drama a ser exibido no segundo ato: "Entre Irmãos".

O dono do circo apresentava o elenco com a voz cheia de corpo e o peito inflado, reverenciando os artistas um a um, fazendo vênias com a cartola de veludo roxo, onde tremulava uma longa pena pintada de azul. Gigante revezava o olhar entre o palco e as expressões fascinadas da esposa lambuzando-se com o segundo alfenim. Vez em quando beijava o rosto dela, no rompante, não de quem dá o beijo, mas de quem o rouba, numa traquinagem quase infantil. Descansava a cabeça em seu ombro, ela o acolhia e sacava o leque, abanando os dois. O irmão Deocleciano aplaudia com entusiasmo. Eu observava tudo com interesse, dividido entre a curiosidade por aquelas pessoas, distantes das minhas paisagens, e a sensação de pertencimento que só ao lado de uma gente assim silvestre se consegue experimentar.

Na segunda parte, quando exibiram o drama, Samanta não saiu do meu lado, postou-se aqui. Sem adornos de cenografia, iluminação criteriosa ou sonoplastia capaz de me fazer escapulir do embate ou abstrair, fui arremessado para o duelo entre os irmãos do título. A precariedade da encenação despida de artifícios e a proximidade da arena onde o confronto se dava realçaram o embaraço entre duas pessoas a quem o amor abundante não foi suficiente para apaziguar, porque se interpôs o acaso, e o acaso sempre se manifesta à revelia do enredo original, descaracterizando-o.

Retirei-me antes do final, chamando atenção não apenas da plateia, mas dos artistas no palco, fazendo os irmãos desviar os olhos para me ver passar, comprometendo o rigor da cena, clímax do drama. Obriguei-me a acenar com estreito movimento de mão, me desculpando sem usar palavras, apressando o passo em direção à saída. Azulão se levantou na arquibancada lá atrás. Com um sinal contundente o impedi de abandonar a sessão e saí de vez.

Fui direto ao carrinho de doces. O baleiro estava cobrindo o carro com a tábua de madeira, satisfeito com

o resultado da noite: não tinha sobrado um pirulito sequer.
A noite adensou-se ao meu redor e por cima de mim. Senti-me tragado por ela, escoteiro que se desviou do grupo e, no escuro, não consegue retomar a trilha.
Eu não desejava retomar a trilha.
Levantei os olhos para olhar o céu, de todo perdido.
Nenhuma bússola cintilava entre as estrelas.
E mesmo elas, as estrelas, foram de repente apagadas por nuvens volumosas, empapuçadas de algum elemento que não a água necessária para revitalizar a cidade, higienizando as minhas memórias.

O AMANHECER em Flor de Algodão é lento, progressivo e sincronizado. Primeiro amanhecem os passarinhos, tagarelando no escuro, anteriores ao sol, se estamos na estação do acasalamento, e antes até, se é época de flerte, os hormônios tinindo, forçando a passagem, querendo escoar. Ninguém se incomoda, a nenhum morador desta cidade ocorre supor que os passarinhos devessem amanhecer mudos ou fosse negada ao galo a demarcação de território e o anúncio do tempo, mesmo aos trinidos na madrugada.

Quando Menelau, velho e de crista baixa, passou a confundir os turnos do dia, padre Estrelinho deu de tocar o sino da igreja nos horários mais fora de propósito, totalmente azoretado. Nem ao relógio da algibeira ele podia recorrer, parado e inútil. O controle dos ponteiros sempre estivera a cargo do canto de Menelau, até a senilidade, exato. Angústia, que nunca precisou de relógio ou galináceos para se inteirar do tempo, se determinou, ela mesma, a despertar o padre cada manhã. Padre Estrelinho, tocando o sino nos horários de Deus, convocaria os paroquianos como de costume, e assim se deu.

O padre é adepto desses gerenciamentos práticos, não admitindo impertinências com o Criador em questões pedestres e corriqueiras. Tampouco nas grandes questões padre Estrelinho admite solicitações à interferência divina, por considerar petulante sugerir a Ele o que fazer ou deixar de fazer, a partir dos Seus próprios arbítrios. Em ministérios hierarquizados é fundamental reconhecer quem manda e quem obedece, sem tratativas de subversão, todas inúteis. O sacerdote acredita – por acompanhar tais atitudes oraculares e testemunhar os resultados quase sempre pífios – que, ao contrário do pretendido, os rogos acabam por despertar a fúria sagrada, revelando-se incapazes de fazê-Lo arredar um milímetro do desígnio original, a não ser em casos de extrema consideração ao pedinte, quando se vale de recreações paliativas, alterando de maneira temporária o panorama, sem, contudo, se desviar do trajeto previamente traçado. São os levantes inesperados dos moribundos, o sopro vital derradeiro, aquela última tentativa de reter a vida dentro do corpo que deteriora, conhecida como "a melhora da morte", oportuna talvez para um definitivo jantar em família, os pedidos de perdão postergados, as declarações de afeto negligente e os brindes à mesa, a queima de papéis clandestinos, cartas imprudentes, fotografias agora sem função, procedimentos de higiene necessários para não danificar a memória do iminente falecido.

Está, portanto, adequada a determinação de Angústia ao assumir o ofício de despertar a cidade.

Isso tudo antes da vinda do engenheiro, cujo espalhafato reativou os neurônios do galo, devolvendo ao velho Menelau a rigidez da agenda, eixo de sua identidade antes da depredação da velhice. Infelizmente de pouca valia para ele, tão rápida a florada dessa primavera fora de estação. Com a vinda do engenheiro, desembarcaram na carona do mesmo vento outros ares antes sitiados pelas serras, modernidade de pensamentos, juventudes e relógios automáticos. Quando o engenheiro e Azulão passaram em frente ao cemitério e o viram cochilando em cima do muro, Menelau já estava de volta à decrepitude, outra vez livre de compromissos, recolhido às penas.

Amanhecemos de vez.

Chuta despertou de um sono bom, embora, de olhos abertos, desconheça o enredo do sonho. Sabe que foi bom pelo conforto do corpo sobre a cama, a boca pronta para um alfenim, o regresso da viagem onírica, correu tudo tão bem. Mesmo que tenha havido percalços na viagem, que não tenha feito viagem nenhuma, mesmo que nem tenha sonhado sonho algum, o sono para Chuta não passa de parênteses entre uma palavra e outra da mesma frase, a frase contínua pela qual transita quando desperta, indo e voltando sem esforço em sapatilhas de bailarina.

Gigante está ao seu lado, é o que importa. Às vezes ela acorda durante a noite e se debruça sobre o rosto dele, constatando que ele vive, respira sem grandes ruídos, vai permanecer ali quando amanhecer e os dois se levantarem para lamber o dia. "Meu tipo portátil", ela confirma, escorregando os dedos da mão pelo rosto miúdo, usando só a superfície da pele, briosa dos incômodos. Retoma sua posição na cama, fecha os olhos e dorme.

Gigante também tem dessas de observar a esposa durante o sono, se inteirar da mulher, pegar nela, sentir aquilo tudo que ele sente. Diferente de Chuta, porém, o sossego de percebê-la desimpedida de desconfortos muitas vezes é antecedido pelo desassossego. Ele teme virar-se para ela e encontrar o oposto disso, o corpo inerme engolido pela adiposidade, sucumbido às surpresas terríveis da vida, nem sempre corteses às felicidades. É quando a abraça com loucura, menino despertando no meio da noite sem luz, percebendo-se ainda no escuro, sozinho no quarto, na casa, no mundo. Se isso acontece, Chuta, que agora não se assusta mais com o desespero dele, o acolhe assim: "A mamãe chegou, feche os olhinhos e volte a dormir".

Na cabecinha de Chuta os pensamentos escorrem em água de riacho: rasa, fresca, sem pressa. Os homens, por não ter nada dentro dela, enchem a cabeça com as quinquilharias que eles consideram da maior relevância, lustram, constatam cada unidade dessas bugigangas todos os dias e saem alardeando para seus iguais, de barba feita, cenho crispado e passos duros no chão, exigindo que os legitimem. Por isso ela se cansa deles. Prefere perfilhá--los. Para tanto escolheu Gigi. É que, ao lado do homem que ele se tornou – e Chuta o conhece desde menino –, resiste o menino que ele não deixou de ser, aliado ao amante ainda capaz de surpreendê-la, libertando ambos da maternidade incestuosa sugerida por ele, acatada por ela, levando-a a recolher a placenta e revolver a água nítida, desviando o curso deste líquido em mil afluentes, realinhado depois ao emergir radiante, cumpridos os ofícios do corpo. A conversa entre homens a entedia. No máximo padre Estrelinho, quando estão a sós e trocam receitas de doces, santinhos de papel os mais coloridos, piadas de salão, ou tratam de revistas em quadrinho e arcanos de tarô, programas de rádio, tragédias de famílias, tecendo em miçangas de palavras as miudezas do cotidiano. Nestes tempos de seca os homens não alcançam outro assunto, são curtos os passos da alegoria masculina. Ao escapar do tema, retornam a ele, inevitável feito as vírgulas que ela sempre se confunde em qual pausa botar nas cartinhas escritas para o marido espalhadas pela casa, quando não quer interrompê-lo no trabalho do escritório. As palavras dele, estas sim, dignas de culto, os efes e erres e os zês. Não apenas pela conversão das letrinhas em dinheiro e supérfluos, mas por cada centímetro acrescentado ao autor em imodéstia, tornando-o grande e sólido, então o amor. Poucas substâncias são tão afrodisíacas quanto a admiração, Chuta sabe. Desde menino, Gigante se vale de canetas e papel, membro de uma associação de missivistas internacional, com os quais nunca deixou de se corresponder, mesmo depois de desembarcar na caixa postal de um destinatário do outro lado do mundo, com o qual estabeleceu a correspondência capaz de lhe abrir as portas das produtoras de cinema estrangeiro.

Certa madrugada, depois das investigações sensoriais para os ajustes de "Os 120 Dias de Sodoma" adaptado para o cinema, Gigante murmurou no ouvido dela, a língua pincelando os lobos da orelha, enquanto lhe desatava os nós dos pulsos: "Vírgula vem do latim e significa varinha, meu amor. Por isso apanhas em tantas línguas e com tantos sabores", ao que ela respondeu com breve chacoalhar do corpo nu, naquele momento plataforma onde repousava o guerreiro, deitado, também ele nu, recém-saído de dentro dela. "Meu tipo portátil", ela repetiu em calado de boca, cheia de gritos.

Chuta não estava preocupada com o estio, Gigante mandara cavar um poço artesiano no quintal, ela sempre foi lunar, bem-vindas as noites secas. Esta mulher nunca se dedicou a pensar na relação entre a falta de chuva e o sumiço do morcego, Hortência na janela, engenheiro em asas de metal, encantamentos de donzelas, conversas de quaraquaquá. Ela e o marido estavam com frequência de viagem para lugares onde a água é abundante, basta se pagar por ela.

Agora mesmo se preparam para embarcar, levantaram-se da cama, transitam pela casa, esbarram um no outro passando pelo corredor, rindo dessa ansiedade desnecessária, para quê, se estão acostumados às tensões que antecedem os voos, a exaltação indefinida provocando sustos e cócegas, a pequena saudade da casa neste entreato da vida cotidiana. Se pudesse levar Peixinho, Manoel, a charrete, ela sempre pensa, aí se lembra de que vai arrodear o Central Park em charrete florida e cavalos ornamentados, quase ninguém desconfia o que seja Central Park nesta cidade, e Angústia garante que Peixinho – o papagaio que a chama de mamãe – na ausência da mãe é quando mais conversa, é quando brinca mais, não desgruda dela, se muda para o quarto da empregada, então suspira aliviada, engole o ciúme e vai.

Chuta ama a terra que adotou para ela, nunca pretendeu trocá-la por outra, contudo este amor precisa de ausências para se sentir renovado. Os amores se instigam, são elásticos esticados entre os dedos de duas mãos paralelas movimentando-se em muitas direções, distendendo-se, sem que esses dedos – quando maciços – os permitam romper. Gigante vai entregar o roteiro concluído na madrugada, o agente espera em Nova York, sai decretado de Los Angeles para isso, esse tipo de coisa a entusiasma, são as pedrarias. Antes, o preparo das malas no apartamento de São Paulo, lá é que estão guardadas as peças de viagem, a frasqueira de batons e perfumes cada coisa em seu lugar, as fragrâncias, do cítrico ao madeirado, roupas espalhadas pela cama, "levo essa estola, Gigi?", "está frio por lá?", "vamos triangular com Paris dessa vez?" – ela adora a expressão *triangular* – as comidinhas de bordo do avião, comissários sorrindo nuvens, aeromoças de meias-fumê e lenço no pescoço, idiomas impenetráveis, são tantas delícias.

De fato, pouca coisa preocupa a mulher de Gigante. Da mesma maneira que os pensamentos, a vida escorre sem pressa, transparente e receptiva, Chuta apenas se deixa banhar. Gigante carrega as malas até a varanda. Azulão os espera e recolhe as malas, gentileza de Cravo, ele deixa o motorista à disposição para dirigir o Aero Willys do casal até o aeroporto da capital. Sempre o mesmo procedimento, Chuta entra no carro e se senta ao lado do marido já instalado, os olhos marejados de água doce, então se diria adocicados e não marejados, não há mar nos olhos de Chuta, não existe mar em sua cidade. Se ela os entumece de água nesses momentos de partir, só pode ser água fluvial, transparente, lírio d'água.

Lá se vão os dois sentados no banco traseiro do automóvel, de mãos atadas, o leque no colo dela, a pasta com o roteiro no colo dele, a dorminhoca em vestido cor de rosa deitada no console piscando os cílios preguiçosos a cada buraco da estrada, a cidade ficando para trás, Chuta agora se benze, com o intuito de, ao final, beijar o crucifixo pendurado no trancelim escorrido entre os seios, o deusinho entre as mamas, o que restou do sogro, o finado Noca, "Deus te dê o céu, te chame lá!". O pingente, ouro incrustado com pedrinhas de brilhante, ela só admite beijar depois de feita a persignação, ainda assim se conseguiu a junção precisa durante o ato de se benzer, Chuta cria modestos rituais, trajetórias necessárias para, depois de vencê-las, usufruir as benesses da chegada.

O ato da mulher traz à cabeça de Gigante, ainda ocupada com ajustes finais no roteiro a entregar, o pai, artesão de asas dos anjos de procissão, o melhor de todos, o mais procurado, o maior criador de patos daquele mundo. Uma época teve até gansos, cinco deles, patos e gansos a ponto de abastecer não só a cidade, mas boa parte do estado, gente vindo do lado de lá da fronteira, até além, encomendar com antecedência as asas para a procissão da Semana Santa, as festas do padroeiro, as encenações dos teatros na capital, a coroação de Nossa Senhora, as procissões fluviais. O próprio Gigante, menino, vestiu inúmeras dessas asinhas, amarelas, azuis, lilases, sem o pai permitir sua presença nas oficinas de execução, a escolha das penas do pato, o tingimento, a distribuição do arame pelo papel crepom, impedindo que o conhecimento do processo interferisse na magia de estar sideral e menino para as celebrações.

Antes dele as asas eram feitas de algodão, no máximo isopor, se desembarcavam cargas de isopor da capital, tão raro.

Naquele outro verão, no quintal da pequena casa ao lado do cemitério, Noca dedicava-se à criação de patos, acompanhada de sol a sol em minúcias de expedientes, que sem essas miudezas não se alcança resultado decente não senhor. Alimentados os patos, escolhidas as melhores penas, as maiores, é necessário arrancá-las com cuidado para não ferir a ave além da conta, procedendo à limpeza, eliminando qualquer mau cheiro, o céu é perfumado de sândalo, quem não sabe? Para isso lava com água e sabão cada pena, deixa-as de molho em água e álcool durante três dias, observando, trocando a água, tudo com a delicadeza de quem choca uma ninhada. Depois, põe para secar dentro do saco de estopa. Se deixá-las ao tempo, como fazia de começo, o vento leva uma por uma e elas saem voando feito fantasma sem corpo aí por cima, ninguém mais as alcança e lá se vão. Todo dia é preciso abrir o saco de estopa e alisar cada pena com a ponta dos dedos, correndo o polegar e o indicador por toda a extensão delas, evitando que as asas encrespem e magoem o frescor. De mãos asseadas, para que não sujem. Asa encardida nunca mais volta a ser branca. Algumas ocasiões exigem asas imaculadamente brancas, são as minúcias que revelam – mesmo quando não evidenciam, e tanto melhor – o zelo primordial.

Maio, o mês de Maria, festejo por toda parte, Flor de Algodão à flor da pele, Noca convidou o filho para enfeitar a igreja, coroação de Nossa Senhora. Gigante encheu o peitinho, penteou o cabelo, calçou a sandália de couro e arrochou a correia, do modo nobre como fazem os homens quando se dirigem ao cabaré de Misericórdia às segundas-feiras chamadas vesperais, nunca descalços ou em sandálias de borracha, camisa aberta ao peito, nus da cintura para cima, não.

Com o mesmo cuidado dedicado à criação das aves e à execução das asas, Noca vai transformando o altar, a nave e as primeiras fileiras de banco em um céu de algodão. O púlpito, a plataforma de madeira em cima da qual se assenta o evangelho manuseado pelo padre durante a missa, tudo revestido de cetim e algodão, dois dias de trabalho, o pai e o filho.

Ao final do segundo dia, Gigante, que aqui atende pelo nome de batismo, Noquinha, cruzou os pequenos braços na frente do corpo, levantou a cabeça e perambulou os olhos por cada pedacinho do paraíso, sabendo que no dia seguinte faria parte dele, guarda de honra da Virgem.

No domingo pela manhã, tão logo o sino acordou a cidade, fez-se o aglomerado na porta da igreja, Flor de Algodão imaculada nas batas de cetim das crianças emplumadas, um anjo ou outro se atrevendo ao voo, abrindo os braços e saindo correndo pelo pátio, batendo as asas na tentativa de arribar, a cidade recendendo a incenso, flor e cera.

Foi no momento em que Semíramis, a que foi melhor na escola no ano anterior, a que não faltou a uma única liturgia da Semana Santa, segurando a toalha para padre Demístocles no lava-pés da quinta-feira, foi no momento exato em que Semíramis estendia a coroa de flores para coroar Nossa Senhora, que a menina despencou do banquinho reservado para ela e atropelou boa parte da guarda celeste, fazendo cair as velas apertadas nas mãos, provocando o incêndio imediato no paraíso, acendendo labaredas e levantando fumaça, o fogo se alastrando com rapidez, disparado o rastilho do demônio.

Chuta, que ainda se chamava Salva, foi quem puxou Noquinha pela mão, escapulindo com ele pelo corredor abarrotado, sem se voltarem para o altar, onde Noca, desorientado na corte de Deus, tentava conter o fogo.

Estavam todos do lado de fora chacoalhando calças, vestidos, camisas e túnicas de anjo, rasgando peças de roupa, arrancando outras, quando a cidade ouviu o barulho até então desconhecido de tão alto, voltando o amontoado de olhos para a igreja, agora um ajuntamento de fumaça e poeira, daqui a pouco monturo e escombro. Embaixo do entulho, perfilado à Virgem esmigalhada, o corpo de Noca íntegro, não obstante sem vida, o crucifixo de ouro reluzindo no peito, o maior artesão de asas de anjo que o céu algodoense já cobriu.

"Voou de asas para o céu. Foi num jato só", padre Demístocles garantiu durante as homilias do sétimo dia.

Agora, o automóvel levando Gigante e Chuta para o aeroporto da capital virou à direita na estrada pelo meio das serras, levantando um cortinado de poeira.

Daqui de Flor de Algodão não se consegue mais avistá-lo.

Mas vê-se Beladona no alpendre da casa de Cravo do Lírio D'Água entregando a chave da Prefeitura para Izildinha, secretária e afilhada de casamento de Pelópidas Blue, a caminho da repartição. O próprio prefeito costuma passar por lá antes do expediente, sentando à mesa do café da manhã depois de vencer o aglomerado de gente na porta para as solicitações, regalando-se do cuscuz de arroz, às vezes de milho, sem o qual, de preferência o de arroz encharcado na manteiga, o dono da casa não abre os trabalhos do dia.

Além da chave, o prefeito recebe as instruções para os despachos, o que não falta são ocorrências inoportunas exigindo intervenções imediatas; seu Cravo não é do tipo que admite postergações, é em setembro que se chora por se ter perdido abril.

Se acontece de Cravo do Lírio D'Água atrasar esses mandados matinais – digamos que Beladona perca a hora de despertar a casa com o aroma do café, ou erre a mão na consistência do cuscuz, tendo que preparar de novo a massa – boa parte da cidade tem o funcionamento prejudicado. Além da chave da Prefeitura, ficam embaixo da adarga que foi do seu avô a chave do Cartório de Registro Civil, a dos Correios e Telégrafos, da Coletoria Federal e a chave da Biblioteca Municipal. A biblioteca, embora carente de livros e leitores, emprega o trigêmeo Segundo e a jovem Alegria, desde que ela abandonou o cabaré da mãe, dona Misericórdia, onde faria carreira se tivesse investido no ramo, mas optou pelo mercado formal. As chaves do cinema, do Posto de Saúde e da catedral também eram entregues a ele ao final de cada expediente, contudo dona Gérbera, enfastiada de ver o marido circular para um lado e outro com o molho sacolejando no cós da calça, valeu-se dos argumentos dele mesmo, convencendo-o da deselegância e da inutilidade desse excesso de zelo, fazendo-o perceber que as quatro chaves eram o suficiente para atestar sua autoridade no município, bastava ver a quantidade de gente amontoada na calçada e no terraço todas as manhãs, agachada no cimento ou esparramada nas cadeiras de macarrão, disposta a receber o quebra-jejum do dia, o trocado para a pinga, um leito no hospital de Campos Elíseos para o menino doente, mas igualmente pronta a servi-lo à primeira intimação. Faz parte dos planos dela convencê-lo a reter apenas a chave da Prefeitura, entretanto dona Gérbera sabe esperar, não dá bola para emergências políticas e aprendeu desde a noite de núpcias que com o marido é um elefante por vez e olhe lá.

Dona Gérbera só sai da cama, entrincheirada pelo mosquiteiro de filó, depois que o quebra-jejum está servido e o aroma da frigideira, do forno e do bule invadem o quarto pelas treliças da janela ou por baixo da porta, quem sabe transpassando a parede, o quarto impregnado das olências matinais. "Eu desperto pelas ventas", comenta entre as amigas enquanto fazem a soma do dinheiro arrecadado na quermesse para depositar na poupança de Santa Margarida aberta no Banco do Brasil em nome de Margarida Algodoense do Lírio D'Água. Isso, caso tenha vencido a batalha com o lençol, os travesseiros gordos e as almofadas espalhadas pelo seu lado da cama, formando um muro de espuma entre ela e o marido, raras vezes ultrapassado por um dos dois, portanto nem sempre participa desse encontro à mesa com o prefeito ou testemunha o sistema das filhas mais velhas de saída para o colégio.

Rosa Morena espalha o cuscuz de milho pelo prato fundo, acrescenta o leite quente e os pedaços de carne de sol. Tempera com finíssimas fatias de malagueta e despeja o queijo de coalho aquecido na frigideira por Beladona, ignorando o ar de reprovação, o mugango de boca e as investidas recriminatórias de Tulipa. A irmã vem tentando mudar os hábitos alimentares da família desde que passou a receber uma revista do Sul com sugestões gastronômicas bastante diversas daquelas. Rosa Morena é um tanque de vaidade. Não troca, contudo, um prato de carne de sol na manteiga por dois centímetros a menos no quadril. Além do mais, é necessário encontrar subterfúgios para o apetite que a pouca idade e os olhos do pai sempre sobre ela não permitem saciar no devido celeiro. Não levam lancheira de nenhum tipo para a escola, essas meninas. Beladona se encarrega de chegar com a merenda fresca na hora do recreio, empunhando a bandeja com a gravidade de quem porta uma espada: suco de cajá ou goiaba, batata-doce com mel para Tulipa e uma combinação de mandioca e carne seca temperada com pimenta de cheiro, tomate e coentro, servida na folha de bananeira, para a mais velha. Refrigerante gelado, agora tem.

Todos os passos de Rosa Morena pelas ruas de Flor de Algodão são transitórios, e ela os quer assim, passadiços, arbitrários e levianos. Haverá o dia em que vai tirar os pés desse chão para nunca mais trazê-los de volta, enlaçados, os pés, por sandálias de salto e botinhas de pelica, mais de acordo com avenidas e vias asfaltadas do que com essas ruas de barro ligando lá fora a lá dentro nenhum.

A consciência de inadequação à cidade não lhe alcançou pelo juízo em forma de pensamentos esclarecidos, sugestão de colegas, ensinamentos de professores ou conclusões de nenhuma espécie. Acometeu foi pela carne, vidrilhos espalhados pela pele, arrepios de frio no rigor do sol, ou de calor, se submetida às lufadas de vento, em desacordo com a temperatura externa. Então inadequada, o juízo concluiu, repetindo durante dias em seus ouvidos: inadequada, inadequada, inadequada, sem conseguir, o juízo, ajuntar as lantejoulas que deram de pipocar por todo o corpo, elevando a temperatura interna, manifestada na forma de pelos eriçados, e a fome.

A partir daí, Rosa Morena, a mais velha de dona Gérbera, a segunda do seu Cravo, descobriu-se atraída por qualquer mundo não entrincheirado por montanhas ou regimentos incompatíveis com os desejos que não pretendia catequisar. Não via necessidade de catequeses. Não via, inclusive, motivo para repreender o pai, quem haveria de arcar com o ônus do seu erro se, para ela, nem erro houvera. Se por acaso existiu delito, deveu-se à negação do amor e não ao procedimento dos corpos. Acometido por desassossego igual ao dela própria, ele atravessara o Largo da Matriz para se deitar com Juliana, meter nela a filha inevitável, sem que isso pudesse se tornar de conhecimento público, coitado do papai, como se tivesse atravessado o largo para cometer crime em vez de celebração, essas subversões fraudulentas da paróquia contra as quais pretende se opor tão logo assuma as rédeas de sua vida, deixando o cabresto solto no lombo sapecado por esse sol incessante. Tivesse com ela a conversa que homens assim só se permitem com filho mais velho e varão, Rosa Morena o dispensaria das dissimulações e cansaços, ordenharia com a própria mão a vaca para o leite, o leite que, vindo da chácara onde eles se encontram ainda hoje para os abates, abastece a mesa do café das manhãs na pequena casa do lado de lá, em cuja janela sua irmã mais velha, talvez asfixiada pelo espaço módico que também a limita, debruça-se para se distender e vasculhar o mundo.

Ela baixa a vista e segue, o engenheiro a cumprimentou com cerimônia, por certo embaraçado com tantos olhares de través, Rosa Morena não consegue encará-lo com o olho que o corpo e a alma, sim, a alma, pretenderiam, falta-lhe a autonomia para transformar intenção em gesto, é ainda menina essa algodoense que não se quer nem menina nem deste algodão.

Mas a vemos passar, acompanhamos em silêncio os seus passos, orgulhosos dessa retirante para a qual não está vaticinada a aventura das arribações, embora ela não saiba.

A cidade ferve, nada escorre, a não ser o suor dos corpos. Nos olhos de Rosa Morena as lágrimas represadas esterilizam a terra sob os seus pés. O calor produz um mutismo externo nunca fruto da percepção da inutilidade de palavras – por aqui tudo se fala. A cidade jamais viveu dias de tamanho suor. Mesmo agora, ao pino do meio-dia, nada se move, não há nuvem neste céu em brasa, não balançam galhos nas árvores, os fios de cabelo não saem do lugar, o mundo mais parado do que olho de santo. É natural cogitar motivos sobrenaturais, abrindo-se janelas para especulações.

Hortência se tornou o bode expiatório das nossas vergonhas. A loucura é sã em unidade, todavia acolhe a insanidade coletiva, concentrando-se, recolhendo-se, abrigando todos, feito mamãe-coruja apertando o filhote contra o peito, balançando os dois, mãe e cria, numa tal proximidade que, vistos de longe, parecem um só. Entretanto, é a nós e à nossa insanidade comum que mamãe acolhe e balança.

Hortência prefere morcegos a corujas. Desde menina circulando com eles pelos caibros na casa da chácara do outro lado da Serra Maior, onde passou a infância que a cidade não podia partilhar.

Mas não é à ausência do morcego que se deve o estio. Nem aos desvios dos paroquianos que o castigo responde, tudo são lendas. Formaram-se sobre essa região bloqueios atmosféricos quase de pedra, não havendo acumulado de vento capaz de furar a massa de ar seco estacionada por aqui.

Isso é física.

Ainda assim, Hortência plantou ao lado da janela o pé de alecrim.

Quando Samanta conheceu Otto eu estava com ela. Fazia frio, chovia forte e ficamos sem luz no apartamento. Descemos os treze lances de escada para tomarmos chocolate quente na padaria à direita, no meio do quarteirão.
— Essa padaria não deveria estar na esquina?
Viramo-nos para ver quem fazia o comentário. Otto estava às minhas costas, na fila do caixa, mas seu sorriso foi endereçado a Samanta, à frente. Ela correspondeu com o mesmo diminuto frescor despendido por Azaleia para existir, iniciando uma conversa através de mim, trespassando-me.
Logo estávamos na calçada protegida da chuva pelo toldo aberto. Pouco depois, encharcados, na sala do apartamento alugado por nossos pais na capital para fazermos a faculdade: eu de engenharia, ela de arquitetura. Tornamo-nos três sem que qualquer dos três percebesse.

No final do dia chegávamos quase ao mesmo tempo à padaria onde nos conhecemos. Pedíamos café com pão na chapa, ou, às sextas-feiras, cerveja, nas mesas separadas da calçada pela parede de vidro. Podia ver cada detalhe com nitidez, a moça vibrante na qual minha irmã se transformou, o entusiasmo de cada um, a agilidade de todos nós, um bando de juventude.

Acontecia de Samanta nos deixar na padaria, subindo ao apartamento para as coisas da faculdade. Às vezes eu me dispersava, menos compromissado do que ela com os contratos formais. As conversas com Otto, o interesse comum pelas motocicletas e os gibis compensavam essas negligências. Ficávamos por ali os dois e quem mais chegasse, e costumava chegar, porque Otto era mais sociável do que eu e minha irmã, habituados a assistir um ao outro, isso nos ocupava, de certa forma nos preenchia, havia a neve, os confetes, nossa demanda particular.

O namoro entre eles seguiu a evolução dos encontros, um dia após o outro, dessa parte não me ocupei, tudo no automático, a panorâmica do tempo numa grande angular. Longe de me tornar um apêndice deles, me transformei no terceiro vértice do triângulo festivo agora em movimento.

Festivo e equilibrado, em giros cada dia mais velozes, em voos cada vez mais altos.

Mas há o tempo e a gravidade.

Passada a primeira euforia, o triângulo festivo foi perdendo altura e autonomia de voo, girando mais devagar e devagar, tomando o rumo do asfalto, despencando, aterrando, até se converter num tripé estável no meio da sala do apartamento agora quase dividido a três. Triângulos podem ser lançados em movimentos nas mais diversas direções. No tripé, a terceira perna, ao mesmo tempo que estabiliza, impede a movimentação.

Estava me lembrando da primeira noite em que não voltei para o apartamento, havia saído com Otto pelas ruas entulhadas de confetes de outro carnaval, quando tive os pensamentos interrompidos por seu Cravo chegando à represa, ventava forte, obrigando-o a tirar o chapéu.

– Pena que não seja vento de chuva. Esse é vento seco. Vento de tirar chapéu.

– Vento encanado pelas montanhas. De propósito, para refrescar o calor.

Arrodeamos boa parte da represa caminhando devagar, ele apontou para o trator que voltara a funcionar, para uma nuvem ameaçando entumescer, o cachorro que não desgrudava dele quando o encontrava pela rua, abandonando por fim as evasivas:

– Juliana do Pudim quer lhe apresentar sua especialidade culinária.

Parei de caminhar, olhei para ele.

– Nunca sei quando estou sendo convidado ou convocado.

– O engenheiro vê dificuldade em aceitar o convite para apreciar um doce de qualidade e, de quebra, conhecer a moça mais bonita da região?

Retomamos a caminhada.

Sua insistência em conseguir consorte para a filha bastarda começou a me afligir. Nós nos conhecíamos há poucos dias, mas ficara claro o interesse dele em me aproximar de Hortência, da mesma forma como havia procedido com o outro forasteiro.

Eu ainda não sabia que o conhecimento do seu Cravo a meu respeito ultrapassava aquele convívio de poucos dias, embora já tivesse percebido que o tempo ali tinha outra natureza, como se cada minuto fosse insuflado de horas, fazendo que as vinte e quatro horas do dia correspondessem à passagem de meses no calendário cristão.

Antes de bater o martelo para fechar o contrato, eu tinha sido investigado, não apenas para liderar a construção da represa, mas para arrancar a moça da janela e levá-la para longe dali, livrando a cidade desse embaraço. Especialmente para seu Cravo, ciente do mexerico às costas dele. Muitas vezes, à passagem das filhas legítimas, maculadas pelo parentesco indiscreto. Enquanto as meninas foram crianças era fácil mantê-las distantes do falatório. Agora, estavam mocinhas as maiores, tomando tenência da vida a caçula, os boatos acabam por fomentar a vontade de saber.

– Não me parece que Hortência tenha algum interesse em receber visita, muito menos a minha – eu mordiscava uma folha de capim.

– A cidade inteira ambiciona esse privilégio, engenheiro – ele se endireitou, encarou-me de cima para baixo, retirou a folha mordida de minha mão e descartou-a, tiritando os dedos, limpando-os na perna da calça.

Não deixei transparecer, porém o comentário me incomodou. A postura dele também. Tratava-se de uma fala cínica, como se seu Cravo quisesse me lembrar de algum pacto estabelecido entre nós. Ele insinuava ser o responsável pela relevância que minha presença na cidade adquiria entre os moradores. De minha parte, interessava-me mais o anonimato do que distinção de qualquer tipo; eu não partilhava pacto algum. Algumas vezes chegava a perceber nas expressões dele um recado camuflado, como se quisesse informar seu trânsito de lanterna na mão pelos corredores do meu pensamento.

Saiu sem se despedir e eu andei devagar até a camionete. Da boleia, Azulão nos acompanhava com os olhos semicerrados sob a aba do chapéu de palha.

Seguimos na direção do galpão, depósito do teco-teco.

Angústia entrava na cadeia levando o almoço dos presos preparado por dona Chuta às sextas-feiras. Dois pares de pratos fundos. Um prato emborcado sobre o outro prato cheio, mantendo assim o calor. Enrolado, cada par, no guardanapo de cozinha, as pontas unidas num nó apertado. Execução da mulher de Gigante. Em duas ou três circunstâncias ela mesma fez a entrega a Gaiola, o carcereiro, transferindo a tarefa para Angústia, a fim de evitar as línguas afiadas que após esvaziar os pratos cospem os farelos da maledicência.

Pedi a Azulão para brecar a camionete, desci e o despachei sem permitir réplica, sentando no banco da praça a fim de respirar junto à respiração da cidade.

O sol pelo meio do céu, eu ali sentado, suando, vasculhando o entorno. Acintosamente.

De volta à rua, Angústia entrou na oficina do Caçula para encomendar ou retirar os leques da patroa. Dentre os moradores da cidade, Eurípedes foi o único que seu Cravo considerou capacitado para cortejar a filha mais velha, a partir do momento que ela encorpou-se moça. Eurípedes herdara da mãe, além do agradável aspecto físico, as boas maneiras no trato com o povo, "um político nato, esse rapaz; que útero tem Flor de Algodão!", seu Cravo jactava-se. Desde então, passou a observá-lo, seguindo-o pela rua sem ser percebido, farejando ele, disfarçando-se, escondendo-se pelas esquinas sem perdê-lo de vista. Pagava-lhe uma cerveja no Porta Aberta, oferecia-lhe o missal para a liturgia do domingo, convidava-o para uma ou outra janta, chegando a desabotoar-lhe o colarinho, sem pedir licença, em pleno adro da igreja, "com esse calor, meu rapaz!", configurando uma intimidade singular.

Quando esteve na oficina e abriu a caixa de papelão onde Caçula guarda linhas, agulhas, colchetes, o bastidor de madeira e todo o material de costura, descartou-o com o mesmo ímpeto com que bateu a tampa da caixa. Perdia um tempo valioso. Faltava ao rapaz a virilidade necessária.

Heitor Villa-Lobos acompanhava com cara de fastio a passagem de outro jumento transportando na cangalha duas latas d'água em direção à casa do padre, no puxadinho da igreja. Quando o menino montado na cangalha apeou e desceu as latas cheias, Heitor chacoalhou o pescoço e relinchou longamente, fazendo-me ouvir sua voz de soprano pela primeira vez.

Angústia fechou a portinhola da oficina e tomou o rumo da praça, aproximando-se do meu banco, vindo para cá. Primeiro a olhei com aquele olhar que não passa de menino de recado do olho, alheio à vista. Quando ela quase esbarrou à minha frente sem deter de todo o passo deixando-se observar por segundos, olhei com olhos de quem realmente vê, e a vi. Angústia adquiriu existência, pareceu que viria ao meu encontro, alinhei-me, porém ela seguiu em frente, continuou, só depois encurtou os passos, estancou devagar e voltou a cabeça para trás, achei que fosse retornar, não retornou, retomou a pernada, carreando atrás dela os meus olhos a perseguir seus movimentos com interesse. De costas era estreita e reta, quase esquálida, contudo no instante anterior, quando vi o seu rosto e testemunhei a batalha travada nos olhos dela, compreendi que Angústia não poderia ter recebido da mãe outro nome para ser chamada.

Beladona vinha no sentido contrário, quase em galope, serpenteando o corpo macio, jogando para um lado e outro os cabelos soltos, cumprimentando-me com um "bom dia, ainda não almocei" em tudo diferente da formalidade com que serviu o jantar na casa do seu Cravo poucos dias antes, os cabelos presos num coque austero e a boca fechada. Beladona, nascida Laurinha do Espírito Santo, recebeu o apelido ainda menina, quando foi trazida da fazenda para morar na cidade com os patrões.

Seu Cravo fazia gosto em transferir para os empregados domésticos a alcunha botânica familiar. A botânica, ao lado da música ao piano, parecia lhe servir de respiro, e eu nem sabia do quê.

Estava de costas para o lado da rua onde Hortência permanecia na janela, me mantendo assim até levantar para sair, expulso pelo calor insuportável.

Virei-me para o lado de lá. Hortência tinha um braço cruzado em cima da cabeça e descansava o queixo na mão fechada do outro braço acomodado no peitoril. Diferente de Angústia, concentrada nela, e mesmo de Beladona, espalhada por toda a praça, Hortência pairava pela extensão do largo, volátil feito gás que escapuliu do balão, retalho esgarçado no tecido da cidade; repetiu-se a sensação de quando a vi pela primeira vez.

Não foi delírio, mas quimera. Por um momento imaginei que o corpo de Hortência se resumia ao busto visível do lado de cá, como aquelas bonecas de barro adornando as sacadas das casas, exibindo laçarotes nos cabelos escorridos pelos ombros, trançados em linha grossa. Fiquei olhando, tentando definir se pelo lado de dentro da janela Hortência equilibrava-se sobre as próprias pernas, ou trazia o tronco, talvez o limite inferior do corpo, assentado sobre uma haste de madeira, cimento ou outra base de sustentação qualquer.

Estanquei o pensamento ao imaginar o pai transportando nos braços para um lado e outro da praça o pequeno corpo mutilado de Hortência pressionado contra o peito, filhote de estimação dos viúvos e dos solitários.

Chacoalhei as pernas, cada uma de uma vez, depois as duas ao mesmo tempo, tremeliquei o corpo a fim de despertá-lo, e comecei a caminhar, pisando duro no chão, perseguindo o contato da terra embaixo do sapato, as pernas meio bobas num formigamento engraçado. Segui a pé até o hangar improvisado, ignorando a insistência de Azulão para entrar na camionete.

O resto do dia foi dedicado ao conserto do avião. Quando saí de lá, à tardinha, deixei o motor em condições de receber as peças mandadas vir da capital. Passei na represa para me inteirar da produtividade do dia, liberei o mestre de obras e retornei ao mosteiro.

Desta vez não pedi a Azulão que tomasse o caminho da praça.

Pegamos a estrada e seguimos na direção do Oeste pelo meio das montanhas.

A visão do sol, uma bola púrpura mergulhando na terra à nossa frente, me fez sentir por um momento acolhido no mundo. Naquele mundo. A existência dessa cidade, a existência dessas pessoas, a estrada encurralada pelas serras, novamente anunciavam o que de mais alto eu podia desejar para me perceber fazendo parte.

Irmão Deocleciano me acompanhou pelo corredor em direção ao quarto. Repetiu pela terceira vez a comoção despertada pelo drama levado no circo, insistindo para que eu dissesse o que me aborreceu na apresentação, "você saiu antes do final". Demonstrava estar intrigado, não tirava os olhos de mim, queria me indagar, perscrutava-me. Com certeza me entediara. Habituado às produções da cidade grande, eu não devia ter me entusiasmado com a exibição quase amadora, "não deixa de ter razão, mas eles apresentam o melhor possível, você pode imaginar as dificuldades". Deslizei a mão por sua cabeça redonda interrompendo o discurso, respondendo com o sorriso silencioso.

Entrei no quarto.

– Quando vai estar com Hortência?

Ele perguntou de lance, permanecendo do lado de fora, vergando-se, projetando a cabeça pela porta parcialmente aberta.

– Deveria, Deocleciano?

Voltei, abri toda a porta para vê-lo de corpo inteiro, botei uma mão na cintura e a outra no batente, ele se alongou, eu o encarei com severidade pela primeira vez.

– Sonhe com os anjos – ele baixou o tom de voz, quase humilde.

Encostou a porta e eu passei a chave.

Deitei na cama, as folhas da janela aberta.

Pela janela não entravam morcegos, mosquitos nem pernilongos, apenas a luz da noite.

A sensação de acolhimento experimentada na estrada se repetiu, levando-me a acreditar que também fazia parte da pulsação da cidade, ainda que capilar.

Flor de Algodão pulsava desde os subterrâneos do modesto casario até o ponto mais alto das montanhas.

Samanta revelou-se uma névoa que cedia, cedia, abrindo fendas entre mim e o futuro.

TIQUEI CINCO manhãs na folhinha do Sagrado Coração ensanguentado, sem encontrar com seu Cravo nenhuma vez. Gaspar, o mestre de obras, informou que ele tinha sido chamado à capital. Concluí que evitava se encontrar comigo, deixando-me à vontade para decidir sobre a visita a Hortência. À vontade é modo de dizer: no que dependesse do seu Cravo, eu só estava à vontade quando submetido ao arbítrio dele.
Nesse meio tempo fui convidado pelo abade para um lanche de final de tarde no gabinete. Reconheci entre os presentes dois ou três homens vistos da outra vez. Além desses, outros quatro em torno da mesa de cedro. Foram apresentados como políticos da região, donos de terra uns, o melhor boticário das redondezas o de nariz de papagaio, e até um aspirante a sacerdote, cuja barba branca e rala revelava a idade avançada para aspirante a qualquer coisa que não o passeio definitivo pelo universo

estelar. Este e o anão de rosto parecido com o rosto de Deocleciano eu reconheci da procissão pelos jardins à frente da janela.

O abade falou das origens do mosteiro quase um século atrás, quando foi construído para servir de apoio ao Vaticano desse lado do planeta. Aliado ao investimento eclesiástico, formando sacerdotes de várias nacionalidades e dando abrigo a outros tantos despencados do mundo, o mosteiro se notabilizou pela qualidade do ensino do colégio e pelos elevados padrões de disciplina impostos com a chegada do abade Ângelo Battistini. O nome dele se tornou a ameaça que os pais lançavam mão se não conseguiam corrigir os filhos por seus próprios meios: "Vou te enviar para a cinta do irmão Battistini", ou "Nesse daí nem a cinta do irmão Battistini opera", referindo-se aos meninos mais rebeldes, recorrentes no mau comportamento, delinquentes, alguns.

Todos riam das histórias contadas pelo abade, enquanto eu enxergava a cela ao final da estrada de pedras para onde dava a janela do meu quarto. Essa lembrança me desconcertava, via-me lá, sei como é.

Olhei para o irmão Deocleciano, ele desviou os olhos para o gato lilás.

Dividimos a refeição, quase um ágape: café com leite, chá, vinho do porto e um bolo de chocolate feito com ameixa, vinho canônico e gengibre, preparado na cozinha do mosteiro, o abade destacou os ingredientes um a um. Os gatos espiando pelos vãos entre os livros, ou por cima deles, contei cinco.

Quando já me despedia, o abade segurou o meu braço, dizendo com uma voz que se arrastava pelo assoalho, funda e turva, fazendo brandir as tábuas embaixo do tapete:

– Na última sexta-feira de cada mês, ou em ocasiões especiais, nós – mostrou os demais – seguimos a procissão dos penitentes para expurgar a miséria que nos acomete a todos, os humanos. Não abra a janela do seu quarto nessas noites. As pessoas que espiam a procissão sem terem sido escolhidas para dela participar tornam-se expiatórios de toda a sujidade depurada nos círios.

Sorriu uma formalidade dispensável e eu sorri o susto, de todo contaminado.

Azulão parou a camionete em frente ao mosteiro no começo da noite. Eu no portão, à espera.

O motorista não veio sozinho, seu Cravo estava com ele. Não disfarcei a surpresa. Seu Cravo não disfarçou a certeza de que eu ficaria surpreso.

– Somos essa gente, rapaz. Temos as nossas irreverências, nosso mau jeito, mas não deixamos de ser solidários em nenhum momento. Concluí que seria adequado chegarmos juntos à casa de Juliana. Não acho que me enganei.

– Não, não se enganou – eu disse, disfarçando a reprovação às certezas dele.

Trepidamos até a cidade, os três na boleia, a lua no céu.

FLOR DE ALGODÃO 109

– Eu trocaria a lua e todas essas estrelas por um céu cinzento, relâmpagos, trovão e água.

Seu Cravo achou graça da própria fala. Não encompridei o assunto, sem desviar o olho da estrada, desconfortável no meio do banco entre ele e o motorista.

Da janela, Hortência acompanhou a nossa chegada, Azulão dirigia devagar, manobrando a camionete para frente e para trás, como se houvesse necessidade de estacionar entre obstáculos. Parou atrás de Heitor Villa-Lobos. O jumento, espalhado no chão, não saiu do lugar. Bocejou, tremulando o pescoço e fazendo soar o chocalho, deitou a cabeça ao lado da pata encolhida, bocejou mais uma vez e fechou os olhos.

Seu Cravo, o primeiro a descer, seguiu até Hortência. Falou alguma coisa que não ouvi, apesar de agora estar na calçada, depois ofereceu a mão para que ela a beijasse. Ela beijou. Olhei o rosto de Hortência, porém pouco o vi, eu parecia levitar, os pés dois palmos acima do chão, o corpo etéreo sobrevoando a calçada. Tentei me aproximar para constatar as pernas de Hortência embaixo do tronco; recuei.

Disse "Boa noite" sem esperar resposta, sem contar com isso.

"Boa noite!", ela respondeu.

Surpreendeu-me que tivesse voz. Sorriu uma rosa horizontal entre os dentes, Hortência sorriu.

Emudeci.

Voltei-me para ela e fiquei imóvel, encarando o seu rosto agora desanuviado. O rosto de Hortência era ele mesmo uma aparição, todo compacto, coeso, muito firme nos traços delicados a organizá-lo tão bem.

Não sabia se deveria entrar pela porta que Juliana do Pudim acabava de abrir ou se permanecia na calçada de frente para a janela, de frente para Hortência, afinal.

Juliana veio ao meu encontro com a mão estendida, nem gorda nem magra, nem tipo de beleza nem exemplo de feiura, o vestido ligeiro na altura do joelho, a cara banal, "bem-vindo, engenheiro, por aqui!". Seu Cravo, com um leve toque do indicador em minhas costas me impulsionou para dentro, a sala pela qual passamos direto, apesar da porta aberta dando para o quarto ao lado, o quarto de Hortência, o corredor estreito margeando outros dois cômodos de portas fechadas, depois a sala de jantar tão pequena, a cozinha e o terraço com piso de cimento. No centro dele uma mesa dessas de montar nos esperava com três copos e uns palitinhos de queijo, "do nosso sítio", seu Cravo se voltou para Juliana de um jeito íntimo, tocando o joelho dela com os dedos da mão, e virou o primeiro copo de cerveja, à vontade.

Eu não estava à vontade nem deixava de estar. As experiências, não as antigas, mas as vividas desde que despenquei em Flor de Algodão pairaram ao redor, transportando-me para aquela zona intermediária entre adormecimento e vigília, fazendo que ao mesmo tempo eu considerasse e desconsiderasse todas as possibilidades, do tipo sábio, delirante ou imbecil.

Desejei que Hortência estivesse sentada em torno da mesa de ferro pintada de vermelho, a tinta descascando aqui e ali, formando mínimas escavações, eu escorregava o dedo arranhando a pintura com a unha nervosa do fura--bolo, desgastando a tinta ainda mais, expondo as asperezas do ferro. Desconsiderei sua relutância em abandonar a janela, vista de maneira natural pelos passantes, porque integrada ao âmbito da praça, ignorei sua insanidade, ou como queiram nomear essas subserviências a ordens mentais ilógicas, pretendendo apenas o rosto de Hortência, tão sólido, novo, surpreendente e antiquíssimo, ao alcance da mão, da minha boca, deste corpo todo?

Levantei-me e iria valente ao quarto dela, não fosse a mão de seu Cravo me detendo pelo braço.

– Alto lá, engenheiro! Berlim não se restaurou em um dia e Flor de Algodão levou anos para ser o que é.

Sentei na cadeira de volta e entornei o copo de cerveja. Senti-me como quem retorna de um mergulho e sacode cabelos molhados, tremeluzindo cílios, tentando desembaçar a vista, procurando se reorientar. Olhei Juliana à frente e vi Samanta naqueles olhos despudorados, de aparência inofensiva.

À medida que fui virando os copos de cerveja não tinha mais necessidade de vasculhar os olhos de Juliana, um dia menina, à procura de semelhança com os olhos da minha irmã. Os olhos de Samanta estavam por toda parte, fixos em mim. Mais do que me acompanhar, os olhos infantis de Samanta me acusavam, apontavam o dedo, achincalhando, denunciando o ridículo onde eu me fincava, essa irremediável atração pela mediocridade, eu escutava sua voz não com os ouvidos, com a cabeça, o coração da cabeça, o tutano onde ela se instalou outra vez. Agora, inclusive, me achacava pelo encantamento por Hortência, enciumava-se e batia o pé, porque, sim, eu estava encantado por essa mulher recostada na janela, feito quem ouve o canto de uma Iara pela primeira vez, pela única vez, e não consegue mais deixar de ouvir.

Desliguei Samanta como quem muda a fase de um interruptor.

Otto também perdeu a existência, desintegrando-se pelo meio da fumaça do charuto de seu Cravo. Tudo o que eu queria era me levantar dali, percorrer o corredor estreito e entrar no quarto à esquerda para estar ao lado de Hortência e constatá-la, quem sabe dizer quem eu era ou em que conta me tinha, as ideias que faço a meu respeito, mentiras com as quais me embalo, querendo saber quem ela era, para o que serve a vida, e porque a vigia e penitência.

Levantei-me. Juliana e seu Cravo se levantaram também. Entramos na casa e seguimos pelo corredor, quase em marcha. Poucos passos. A porta do quarto aberta, eu não esperei nem bati, fui entrando.

Hortência continuava voltada para a rua, o corpo íntegro, as pernas no lugar. Hortência é real. Se percebeu nossa entrada não demonstrou, mantendo-se de costas para nós, os ombros desnudos sustentando as alças do vestido, as espáduas alinhadas, aprumada, reta.

– Hortência! – a palavra escapuliu-me da boca.

Ela se virou e sorriu a primavera que não fazia ali, grandes olheiras arroxeando os olhos, foi quando eu vi.

Seu Cravo e Juliana do Pudim esbarraram atrás, permanecendo tesos e atentos, mas de repente só havia eu e Hortência no quarto pequeno, e o pequeno quarto, a primavera suposta no sorriso dela, as olheiras da vigília, os cabelos pretos de noite, e o fundo silêncio que se fez, era a vida toda.

Ela nos deu as costas mais uma vez, debruçando-se na janela, mas isso não era desprezo.

Em vez de alavancar um assunto para justificar a estada ali e instaurar o presente, corri direto ao futuro, como tivesse passado pelas entradas, os aperitivos, o prato principal e a sobremesa do jantar:

– Posso voltar?

– Venha muito – ela disse, sem se virar, igualmente certa do futuro.

Muito. Venha. Repetiu.

Eu a amei. Amei Hortência. Com um amor do tipo que já nasce pronto e encorpado, a despeito da falta de madureza, a colheita da fruta boa, mesmo que fora da estação das colheitas. "A boa fortuna", compreendi a expressão ouvida poucos dias antes, seu Cravo referindo-se a ela.

Eu a amei. Audacioso, desejei ser amado também. É fácil explicar, exatamente porque não tem explicação. A folha que rebenta do calcário ou da aridez do deserto é só a folha que rebenta do calcário ou do deserto, é apenas aquilo. E aquilo é tudo o que importa. Ou não é nada, o acontecimento ordinário. Ordinário era o adjetivo mais distante do que eu estava vivendo; por outro lado, o mais próximo. Não existia adjetivo para vida assim essencial.

Certo da vitória, esticando ao máximo o prazer a fim de degustá-lo, seu Cravo murmurou-me ao ouvido, por trás dos ombros, tão próximo que senti o bafo de cerveja e fumaça:
— O pudim está na mesa, engenheiro.
Quando me levantei da mesa da cozinha, depois de repetir por duas vezes o pudim, eu estava farto, o doce era mesmo sublime. Embora não compreendesse com clareza, intuí que a partir daquela noite ofereceria mais doces a essa alma habituada às convenções do paladar e aos desatinos.

A porta do quarto de Hortência estava fechada, passamos direto pela sala, eu ansioso para chegar à calçada e vê-la de novo, permanecer olhando, até me despedir. Compreendera que não podia tê-la por inteiro na primeira vez, Hortência anunciava-se por retalhos.

Ela não estava na janela.

Seu Cravo e Juliana se olharam no calado que ele quebrou de imediato:
— Fico satisfeito que tenha aprovado o pudim, engenheiro.

Mudou o parágrafo, abaixando a voz:
— Foi de serventia sua presença na casa.

Quis perguntar por Hortência, esperar por ela, entretanto Juliana me estendeu a mão desejando boa noite no momento em que Azulão chegava afobado do Porta Aberta.

Ele abriu a porta da camionete para eu entrar.

Entrei sem falar com nenhum dos três.

FLOR DE ALGODÃO 115

Depois de sairmos dali, ao circundarmos o muro do cemitério, pedi a Azulão que voltasse, voltasse já. Voltamos. Não se via ninguém na janela aberta, Hortência não retornara, a contraluz da lâmpada presa ao fio estendido do teto rabiscava vultos pelo quarto, vi um gato preto, mas não sei se vi, nem se era gato, muito menos preto.

Não me surpreendeu a presença de seu Cravo no alpendre da casa dele, vergado, amparado no peitoril pelas duas mãos. Ele sabia que eu haveria de voltar.

Atrás dele, dona Gérbera esculpia uma sombra longilínea e estática. O gato que eu parecia ter visto na parede do quarto estava no ombro da mulher do seu Cravo e me encarava de lá com brasa nos dois olhos. Esfreguei os meus e quando os reabri o bicho tinha desaparecido, apenas o casal permanecia em vigília, agora perfilados, o gato onde está?

Mandei Azulão acelerar a camionete para sairmos da cidade.

Eu não tinha dúvida de que Flor de Algodão desejava adormecer.

NÃO BASTA soprar a fumaça do cachimbo no umbigo do recém-nascido para cicatrizar o corte do cordão umbilical. Deve-se raspar a casca do fumo de rolo e levar ao fogareiro numa pequena lata de alumínio para secar. Depois, soca-se o fumo seco dentro de um pano limpo sobre alguma superfície dura, até ele virar pó, quando aí sim, distribui-se o pó de fumo no umbigo ainda magoado pelo corte.

A primeira cicatriz.

Não se permitem misérias anônimas nesta cidade, revelamos todas elas. É nosso jeito de expurgá-las, desqualificando uma a uma, enaltecendo-as, exibindo-as à luz.

Hortência tem a mesma delicadeza de Azaleia, a caçula de Cravo do Lírio D'Água. Depreende-se que entre os gametas deste padreador de mulheres encontram-se genes associados às sutilezas de sentimentos, pianos de cauda, cambraias, afrescos e vitrais, filigranas de afetos.

Atribui-se a ele essa matriz, porque em nenhuma das mães dessas meninas, Gérbera e Juliana do Pudim, se encontram tais vertentes, por mais que vasculhemos suas genealogias.

Gérbera é uma mulher árida. Não do tipo abrasivo ou calcinante; do tipo sólido, sem vieses, toda plana. Por isso a flatulência, para isso os escapes, gases intangíveis em dispersão de alma. Para não implodir de solidão espiritual, para não enlouquecer, desembestar. A loucura destituída de espírito é apenas doença, nada informa, pouco denuncia, tudo acomoda. Uma vez que Gérbera não tem acesso à alma que porventura a habite, decerto não sentiria falta dos comemorativos da loucura, levando-a a inutilizar a insanidade, empobrecendo a loucura ao ponto de reduzi-la a objeto de pavor dos demais, permitindo que se levantem muros, delimitem-se fronteiras, eletrochoquem-se neurônios, dividindo o mundo entre os sãos e os outros. Contudo, algum deus endiabrado a livrou dessa miséria, deslocando da parafernália mental para os intestinos o veículo de sua resistência.

Gérbera é uma menina que vive dentro dos igarapés. Por enquanto não se expressa nem mais nem menos do que qualquer criança da sua idade, tem sete anos. Neste momento em que é menina, a chuva é abundante por aqui, a menina Gérbera traz as mãos engelhadas pela água sempre fria das nascentes. Ajuda Damião Anunciado, seu pai, a pastorear o gado, não exatamente por necessidade – há dois empregados na fazenda – mas para estar com o pai e ser vista por ele, a irmã mais nova do filho homem, o qual, menos agreste do que ela, prefere livros aos prados e ao curral. "Deve ter espírito, o primogênito", o abade Battistini vaticinou à saída da missa de Pentecostes, sugerindo ao pai enviá-lo para os estudos na capital. Talvez nem à capital daquela província medíocre, "enxergo-lhe a aura", insistiu, indicando o Sul do país, quem sabe o exterior, "o senhor tem posses, o garoto vale o investimento". Assim foi feito, o mais velho chegou de ônibus ao Sul e de navio ao estrangeiro, de onde não voltou, nem se sabe dele, o que é feito.

Explodiu no meio de uma noite insone o primeiro peido. E nem foi explodiu e nem foi causa o medo, a menina é destemida, não lhe assustam os escuros, corujas, os meios de noite. Não houve explosão, houve grito. E ainda assim, sem destempero de alma, todo ele físico. Mas acordou a casa e acorreram ao quarto, em tudo inodoro, que foi então? – perguntou o pai, sentando-se na cama, os olhos fixos na menina silenciosa. Levou a mão espalmada à testa da filha, depois a deslizou pelo rosto exaltado, tatuando com o gesto, e sem ter intenção, o acolhimento àquele grito de existir.

À falta de alma, Gérbera não entendeu de imediato as conexões – não sabia que existiam as conexões – mas reconheceu o alívio de um corpo submerso no igarapé, voltando à tona para respirar, resgatado pela mão do papai. Oxigenada, continuou peidando vida afora.

Nesta noite dormiu.

Acordou disposta na manhã seguinte, amadurecera a olhos de ver, abriu a janela do quarto e vasculhou tudo adiante, por fora do quarto e da casa, então o mundo. Agora tem treze anos e a mãe a veste no vestido que costurou, ela mesma, para que a filha se mostre a Cravo do Lírio D'Água, Damião por acolá, sem tomar conhecimento dos preparativos de noiva. O rapaz veio acompanhado do pai viúvo, eles já tinham se visto umas poucas vezes na cidade, na quermesse uma vez, a outra, na procissão do Senhor Morto, a mãe de Gérbera, essa Dolores, entoando o canto da Verônica na Sexta-Feira da Paixão, chorando feito doida pelo meio da rua sem sair do tom nem quando soluçava, exibindo o pano com a cara desfigurada do filho de Deus, abrindo a procissão.

Estão diante da casa número 1 do Largo da Matriz, a procissão parou aqui para Dolores cantar à frente dos de casa, para os quais se vira de corpo inteiro. O pai e os avós na calçada, os quatro avós, o menino Cravo debruçado na janela, amparando o queixo com a mão, extasiado com a voz robusta da mulher que canta, habituado às vozes rascantes das carpideiras, portanto o enlevo por estes graves, e tão severos, e ainda mais do que a melodia turva, o olho endemoniado da menina, para quem a mãe entregou agora a toalha, e na toalha a pequena exibe – e volta a toalha para o garoto na janela, para que ele veja, para que veja – a cara vilipediada do Jesus, o mesmo que, meses antes, era também menino e estava deitado na manjedoura do presépio montado na Igreja de Santa Margarida.

Seguem pela rua, vão, mas o canto da Verônica ecoa nos ouvidos do menino, retrocedendo, ele arde. Sem poder pular pela janela e acompanhar o cortejo – o pai o botou de castigo, ele só pode ver – Cravo foi atingido não apenas pelos lamentos da voz, mas pelo desempenho da pastora a encará-lo acintosa, em tudo diferente das mulheres bíblicas, relicário dos sonhozinhos dele.

Estão amarrados em um toco lá fora os dois cavalos selados. Desceram deles os cavaleiros, este é o dia da futura noiva, o pai o exibe, descansando as duas mãos nos ombros do filho, por trás dele, ressaltando as qualidades do rapaz ao piano, o desembaraço na leitura, a paciência na pescaria, sem considerar que os pais de Gérbera não se interessam por arte de nenhuma espécie, jamais seguraram uma vara de pescar e dispensam sutilezas. Damião Anunciado, inclusive, pouco se move de onde está, permanece engraxando a espingarda prensada entre as pernas, de pé num canto da sala, a espingarda de escora, cabeça baixa, contudo o senhor Gumercindo do Lírio D'Água segue falando, fazendo loas ao menino, leiloeiro apresentando a peça que pretende vender. E o faz por franca vaidade, quem sabe dissimulação, talvez para, neste exercício de aparente simplicidade, ressaltar a distância entre este Lírio D'Água e a filha do sitiante.

Só se pode falar em modéstia se estivermos diante de motivos que justifiquem a imodéstia. Não há valor na modéstia compulsória, apenas na discrição opcional. A maioria das pessoas modestas conhece e se beneficia dessa discriminação, alimentando a vaidade de ser modesto, como quer o cinismo humano. Entretanto, neste ambiente, passando ao largo dessas humanidades, sugere-se a virtude admirável do recato, como se de um céu impoluto despencassem dois anjos – nada além de cortinas encardidas costeando a soberba. Não existe traço de personalidade que a conduta não revele, por mais dissimulado ou fora do alcance de um olhar distraído. O sitiante, apesar de financiar a viagem do mais velho ao estrangeiro, está longe de reservar-se o direito de regular filha a partido desse porte, o que tornaria desnecessário ressaltar qualquer qualidade do jovem pretendente, além do mero desejo de arrematar a prenda, não restando dúvida: a prenda aqui é ela, não ele. O mesmo se podendo dizer de qualquer outro objeto pleiteado à compra nesta sala de janelas abertas, por onde se enxergam as montanhas todas. Adiante das montanhas, o latifúndio destes dois homens que com simplicidade dispensável encenam capítulos e versículos dos cânones tradicionais na sala destituída de qualquer móvel de família ou passado digno de permanecer nos porta-retratos ou sobre o assoalho, em forma de petisqueira antiga, porcelanato de lei, cama larga com dossel.

 O rapaz deseja uma mulher, chegou à idade, escolheu esta. Gérbera se entusiasma, o ócio dos dias, morar na cidade, hoje faz domingo e venta vento de verão, sopra das montanhas, entra pela janela, está enfadada, o rapaz não ameaça, é de pesca, ela de trotes e cavalos, ele é de noite, ela, de dia, então tá.

 E mal ocuparam o casarão de número 1 na praça da cidade, Gérbera se apossa da cama de casal, despenca nela, encerra-se no cortinado do mosquiteiro e ri de dobrar, gargalhando das imagens barrocas espalhadas pelos aposentos, a cristaleira que foi da vovó, as toalhas de cambraia estendidas sobre a mesa de doze lugares ou dobradas nas gavetas das cômodas aguardando a próxima geração de noivos, os guardanapos bordados à mão por uma bisavó lunática que só os bordava no terreiro em noite de lua cheia, lancinada de paixão por São Jorge cavalgando a pelo o cavalo de espada em riste e tralalá, o piano de cauda trancado no quarto inacessível, explodindo por fim num peido monumental, o grito não mais de quem foi resgatada dos naufrágios pelas mãos do papai, mas de quem definiu por onde soar o emissário dos seus descasos.

Quanto à Juliana, antes de ser do pudim, foi deste Cravo, cobiçado desde garoto, quando ele só se dirigia a ela para pedir que arredasse da frente, sempre de passagem, sumindo de vista, levantando poeira, a caminho.
Avaliam-se as possibilidades de cada pé pela quantidade de passos deixados sobre a terra onde pisa e a variedade da arquitetura configurada por estes passos ao seguir. Há pés contraditórios ao corpo que conduzem, todavia, aos olhos da menina Juliana, os pés deste aí traduzem com fidelidade a sina povoada de estradas e rodagens a esperar por ele, diferente das pequenas trilhas abertas por ela quando deseja escapar do caminho retilíneo e curto dos dias iguais.
Juliana tão menina não percebe, mas, se a configuração geométrica que o traçado deste futuro homem pro-

mete for procedente, ela se estenderá para dentro dele mesmo, criando raízes internas, feito as raízes fundas das seringueiras, nem sempre compatíveis com a representação externa de caule e copa da mesma árvore. Cravo não vai se utilizar dos recursos disponíveis para correr mundo e atravessar oceanos até aterrar em continentes, permanecendo, ao contrário, raiz, caule e copa de um único exemplar, mesmo que, desde os arbustos até as sequoias gigantes, seja ele a árvore mais encorpada e sólida de todo o plantio. Ou assim se sinta, ou dessa certeza não duvide, para não se reconhecer apenas uma árvore a mais no latifúndio do qual – por distorção atávica do DNA – julga-se proprietário.

O som das notas musicais extraído do teclado em contato com seus dedos não ultrapassa a magia solitária, retornando para o móvel de madeira no momento em que as teclas são cobertas pelo feltro vermelho e a tampa fechada, trancafiando essas teclas, sufocando-as mudas. Não contaminam sequer a maneira de caminhar do pianista, nunca azeitada pela oleosidade da arte ou a expansão de alguma vereda por onde escoar o espírito, repercutindo a mágica. O interesse político, mola da família desde tempos que mal se consegue alcançar, exigiu seu quinhão também desse Lírio D'Água – o artista, se pudesse escapar do horóscopo familiar – impondo-se a ele, mordendo-o, vergastando-o. Tomando-se como política a escassez de azeites, subtons, mágicas, avessos e mistérios. Privilegiando-se o que se deseja poderoso, inflexível, autorreferente, cínico, fosforescente, absoluto e cru. Miserável.

Nada disso Juliana via, ou, ao contrário, exatamente por ver – quem sabe intuir – se deslumbrava. Não o deslumbre dos desejos altos, apenas a ilusão de quem anseia um destino, e essa algodoense – da maneira como veríamos adiante em Rosa Morena – aspirava a um destino. Permanecendo ela, não teria um sentido próprio, apenas reproduziria a sina acanhada herdada de mãe, pai e quantos os antecederam, instaurando-se a estranha contradição: para ser ela, seria necessário, antes, deixar de ser o que sabia de si, explodir-se. Subir na garupa do cavalo montado por esse rapaz, desenhando a oito patas – quem dera dez, doze, vinte, caso reproduzissem – o traçado dos seus passos e enfim cumprir-se.

Mas o cavalo trota à sua frente sem se deter, sempre em marcha, aproximando-se apenas para que ela o veja passar, restando na poeira do trote, tossindo, asfixiando-se, o corpo mumificado em poeira.

Devotou-se a Cravo, a ponto de secar por ele. Suspeita-se de tísica, quando Belarmino se aproxima e a convida a dançar, Sábado de Aleluia, a cidade às voltas com a malhação do Judas, gritaria por toda parte, o sol na cabeça, no tronco, nas pernas. Não ela, sem ânimo para vinganças desse porte, mas a meninada trucidando o boneco de areia e farinha, pelo meio de risadas e pontapés, ela mesma o corpo desengonçado onde arremessam o porrete, sente nos ossos a dor do Judas que não era ela. Se alguém nesta cidade é traiçoeiro não é essa aí que, ao final da tarde, depois de esmigalhado o boneco da cabeça aos pés escuta sentada embaixo do pé de mulungu a música no rádio de pilha, a Semana Santa passada em silêncio, como Deus exige, sem se dar conta do moço aproximando-se, vindo, tomando chegada, até chegar.

Aí está Belarmino, a mesma sem-gracisse nos beiços sem cor, mas a mão estendida, ela se levanta, e como quem, à falta de carne de vaca se serve de arroz com farinha, junta ao corpo dele o seu, e num misto de canastrice e ânimo derradeiro desloca-se com ele para um lado e outro, e outro, meio outro, sempre devagar, à revelia do compasso da música, agora nem música é mais, comercial de geladeira elétrica estrilado pelo radialista com o entusiasmo ausente no casal que se embala, ele monótono, ela em ferrugem.

A casa dos dois fica no meio do quarteirão. Vista do adro da Igreja de Santa Margarida, está à esquerda. Pequena, como convém aos parcos ganhos do marido, aos curtos passos do casal e à frouxa liga que os une. Juliana, na cozinha, prepara o pudim que ele não gosta que falte depois da janta, a boca adocicada tremelicando o ronco nos beiços, às vezes na própria cadeira onde senta à mesa para jantar, a mulher enojada com essa trepidação de ovo e açúcar nos beiços dele cutuca-lhe as costas, "te levanta, cuida, vai deitar na cama", está luzidia Juliana, o casamento a cevou. Cravo, também bojudo, parece tê-la visto pela primeira vez poucas noites atrás, ao se esbarrarem na calçada do cabaré de Misericórdia. De lá ele saía sem pressa alguma, por lá ela passava de volta da colheita de caju no mosteiro, quando algumas das Filhas de Maria – escolhidas com cautela pelo abade Battistini – se reúnem justamente para colher as frutas da estação, a lua cheia iluminando o pomar transformado em dia branco, elas pirilampo, o abade caçador.

– Juliana, é você?
– Desde o dia que nasci.
– Parece outra, mulher.
– Tu que nunca me olhou direito.

Juliana retoma a caminhada, só por perceber que ele viria atrás. Ele veio, emparelhou e apertou a mão dela, ficou olhando com algum espanto, feito a visse pela primeira vez, permaneceu olhando enquanto caminhavam, correndo o risco de tropeçar num batente dessas calçadas feitas a facão, de tão mal feitas. Ela, pelo contrário, sem desviar os olhos da rua, rebolando o quadril aprumado depois do casamento – a testosterona do marido –, pronta para executar a vingança perpetrada pelos meninos contra o Judas naquela tarde lá atrás na qual, quase tísica, fora tirada para dançar por Belarmino, ele sim, merecedor da alcunha que com sua morte estamparam nela.

Mas Juliana não é de vingança, amanhece a manhã seguinte com o sorriso no olho, novo levante da mesma paixão, ela nunca quis outra, embora tenha se dedicado a provocar uns desejos por aí, todos servos da menina amorfa à cata de destino.

Pois aqui está ele, o destino, escrevendo-se todo fim de tarde, inicialmente no sítio do lado de lá da Serra Maior – Cravo reservou para eles –, a seguir na própria casinha de frente para a praça, desde que Belarmino espatifou com a cara o prato de sobremesa. Morreu tão bem condimentado que houve quem aspirasse no velório, na salinha da casa – uma vela de cada lado do caixão –, o aroma da hortelã acrescentada ao pudim no momento de finalizar o doce. O toque especial da cozinheira. A maneira encontrada pela menina para diferenciar o rapaz. O rapaz que numa tarde estúpida de abril a convidou para dançar, insuflando-lhe um corpo. Depois da morte do marido, rompeu-se a comporta do desejo, o desassossego diário para lá e cá. Tão logo comunicou ao amante os destemperos da gravidez, ele a transferiu para o sítio do outro lado da montanha, a gestação sitiada. Lá, Hortência nasceu sorrindo, isenta de gritos e anóxias, numa serenidade só ameaçada quando a criança, já trocando os dentes de leite, enxugou as lágrimas no rosto da mãe sempre espiando da casa, a porta aberta, atalaia, à espera de Cravo, fazendo-se esperar cada dia mais. Da mesma forma que abafara os estampidos de arte por dentro do corpo para acender os foguetes dos festejos políticos, Cravo passou a embaçar, de maneira suave, mas progressiva, a lava da paixão, reduzindo-a à condição prosaica dos homens que não acedem às afeições se elas contrariam os estatutos do regimento.

Quando o sangue escorreu pelo meio das pernas, chegado o dia anunciado por Juliana nas conversas domésticas entre mãe e filha, Hortência decidiu encastelar o que de amor brotasse dentro dela, agora moça, para não amargar o abandono contemplado no rosto da mãe a cada fim de tarde escorada no alpendre do sítio olhando longe e agora nada. Cravo voltaria, o tempo iria mostrar, mas não da maneira que Juliana o esperava, íntegro, pleno – Cravo não é do tipo que se desintegra em afetos ou se deixa fragmentar em desejos.

Então, o simulacro de abandono – Hortência determinou – a fim de não ser abandonada de fato, abandono dói, quebra e desassossega tudo. A paródia do amor, o arremedo de loucura, a parede a escalar se quiserem chegar ao coração dessa mulher, bem mais sólido do que supõem pensamentos voltados para a tela onde habita guarnecida pela loucura suposta.

Poucos algodoenses têm semelhante lucidez, tamanha paciência, tal certeza. Cravo jamais a alcançou, e disso sequer desconfia. Aquele que não se deixa enganar, o que tudo enxerga, para quem tudo flui, a quem todos acorrem foi incapaz de avaliar o quanto dele próprio se repete na filha de aparência inóspita e comportamento insano. Fazendo valer o neurônio de magia herdado dele, a bastardinha criou a história de morcego dependurado no caibro, meia-noite, encantamento e mistério, na esperança de que alguém, ele, aquele, ousasse espicaçar a insanidade e viesse. Triunfando sobressalto e cisma, aterrasse onde ela espera, o cavaleiro. Apenas a nuvem negra encobrindo a lua cheia, a metralhadora de raios riscando céu e muros e a ameaça de temporal não liquefeito estavam fora do roteiro pretendido e a deslumbraram, na noite fictícia tecida em papel de seda. É provável que a natureza tenha compactuado com o ardil, porque soubesse, sentisse igual, feminina também a natureza. Hortência se sentia dotada de Deus, embora às voltas com o demônio da dissimulação, toda certa do mistério.

Não do demônio, talvez. Se o Deus só tinha a si como modelo no momento da criação, e utilizou todo esse figurino – tamanha a pluralidade do que foi criado –, a totalidade das nossas inspirações lhe dizem respeito, não tendo como surpreendê-lo ou configurar-se pecado. Houvera amor no movimento de pernas entre os seus pais, havia amor. Se não da parte dele, da mãe com certeza. Nos olhos dela, a melancolia daquelas esperas, finais de tarde sempre cinza para quem deseja alguma cor além da noite preta para lá do crepúsculo.

Hortência botou-se a postos, fincou-se ali, transformando em torre a janela nivelada à rua, crepitando a espera. Alternando a chama entre labareda e suave flama, o tempo todo em combustão, porque se não se mantiver ardendo, como inflamar alguém?

O avião assomou no espaço aéreo da cidade em pleno deslize de voo, e despenca, vem flanando para um lado e outro, agora o de lá, o de cá, desce mais e volta a subir, despencou de novo, subiu, rodopiou, vai cair, parece emprumar, chacoalha o corpo tremelicando a lataria, encontrou o tubo por onde deslizar na garganta do vento, agora vem, continua vindo, vai chegar, vai pousar, aterrissou, eita-danado, e aí está o teco-teco batendo os dois pneuzinhos no chão, destrambelhado, na hélice o débil zunido das moscas, levanta a poeira da praça, poeira mirrada feito as cambitas dos meninos daqui, mas é. De lá desce ele, está assustado, parece perdido, é náufrago,

Hortência observa da ilha que desenhou para ela, ele, é este, estou aqui, atiraria boias se pudesse, os anunciaria os dois, fincaria âncora, mas não pode, não deve, não quer. Apenas deseja, de fundo desejo, que o náufrago, sim, sinta medo, porém não se furte à coragem de enfrentar o medo, está exausta da espera, os cotovelos gastos, a flor do alecrim plantado no vaso ao lado da janela parece romper aos seus pés, o perfume se espalhando pelo quarto todo.

Não se deve mais esperar. Cresceu o pé de alecrim.

HORTÊNCIA ocupou o lugar de Samanta no primeiro pensamento do dia, o domingo, e eu refiz a imagem do rosto no qual as olheiras não foram suficientes para denegrir a beleza. As olheiras, os fuzis que ela guarda na caixa de porcelana, denunciavam a certeza de estar pronta para o combate, apesar de tamanha candura. Pensar em Hortência à primeira hora da manhã e repetir o seu nome, desejar Hortência, pretender ir ao encontro dela, Hortência livre da vigília na janela, beijar a boca de Hortência, beijar as olheiras devagar, uma, depois a outra, viver para ela, ser o morcego de Hortência, nada pareceu surpreendente ou novo, nada soou delirante ou prematuro, como se fosse para isso que eu tivesse aterrado em Flor de Algodão, fugindo dos pensamentos, manufaturando o roteiro. Assim, tudo adquiriu a lógica que o raciocínio de engenheiro não conseguia organizar: a pane no teco-teco em voo sobre a cidade, o motor estorricado a despeito do meu zelo na revisão, a construção da barragem, a expulsão do engenheiro que me antecedeu, Otto, Samanta, o homem que antes fui, o homem que não me tornei, escravizado ao que vivi e ao que não cheguei a viver.

Abri a janela e encontrei o céu encapotado de nuvem, o sol ausente pela primeira vez desde a minha chegada, tão grande o pasmo, estiquei o pescoço, firmei no parapeito a palma da mão aberta, voltei a cabeça e percorri o horizonte de uma ponta a outra, à procura de alguma nesga azul.

Nada; o céu de chumbo.

Fui interrompido por Deocleciano batendo à porta. Não esperou que eu abrisse, entrou, seguiu até a janela e apontou lá fora, tive a impressão que tremia.

– Vai chover? – perguntou, afirmando.

Olhei de novo através da janela, Deocleciano sorriu emocionado e me encarou com o olho reverente apto a preceder uma genuflexão.

– Você esteve com ela ontem.

Precisei no máximo de cinco ou seis segundos para fazer as conexões metafísicas sugeridas pelo comentário.

Virei-me para a janela, e ali à frente, e acima, e pelos quatro cantos do mundo as nuvens deram de estufar, contaminando umas às outras, movimentando-se devagar, insuflando-se cada vez mais, intensificando o cinza-metálico predizendo chuva.

Aos primeiros acordes dos cânticos sacros que lá de baixo chegavam até nós por meio de vozes masculinas, irmão Deocleciano fechou a janela, recostou-se nela, cruzou os braços nas costas e interpôs-se entre a janela e eu, impedindo que a abrisse. Eu não faria isso, havia registrado as palavras do abade referindo-se às mazelas transferidas para as testemunhas da procissão dos penitentes. Embora não me considere supersticioso, procuro manter a distância regulamentar do mistério.

Irmão Deocleciano deu um passo, postou-se à minha frente e enfiou a mão no bolso da túnica, tirando de lá um pequeno frasco de vidro. Verteu na ponta do polegar uma espécie de óleo sacramental, deslizou o dedo pelo meu rosto, começando pela testa, descendo pelo nariz, o queixo, até finalizar o sinal da cruz, e aí, sim, realizou a genuflexão pressentida antes.

Da mesma maneira que índio se preparando para o combate, não demonstrei estranheza, mantendo-me diante dele, austero. Executávamos o ritual de uma tribo em comum, compartilhando a melodia das vozes masculinas cada vez mais encorpadas, subindo pelas paredes até invadir o quarto. Eram louvores sacros, cânticos de aleluias, porém eu me sentia submetido a algum ritual pagão, ungido e credenciado para as delícias prenunciadas pelo encontro com Hortência na noite de ontem.

Envaidecido pela distinção, senti-me por um momento feliz, ainda que longe de qualquer lucidez ou da pacificação das felicidades. Tratava-se daquela felicidade de sentidos despertos, corpórea, nervosa e enérgica, quase brutal.

O trovão que rebimbou lá fora estremeceu o quarto. O relâmpago trespassou a janela fechada riscando chispas de fogo nas paredes e no teto. Irmão Deocleciano juntou as mãos uma a outra, apertando os dedos, elevando as mãos acima da cabeça, encarando-me numa adoração infantil, eis a água!

Abri a porta e saímos os dois, apreciando do corredor o céu de chuva. Uma chuva sem água, oca, seca. Apesar do cenário erguido e do alarido de relâmpagos e trovões, o firmamento não produzia mais do que descargas elétricas.

Uma mulher vestida de preto encarava o céu no meio do pátio, de braços abertos, apertando os olhos para melhor entender.

– Vá para dentro! – Deocleciano gritou, movimentando os dentes postiços em tamanho acesso que temi por sua sustentação na boca.

O vento adensou e agora agitava as folhas do limoeiro no pátio, os eucaliptos, assanhando as orquídeas e o meu cabelo, chacoalhando janelas pelo corredor, enfunando a batina de Deocleciano, ele afirmava, macaqueando para um lado e outro, ter visto duas galinhas levantarem voo assopradas pela ventania. Chegou mais perto e permaneceu aqui, embasbacado com o horizonte móvel e magnífico, apontando para cima, sem se caber dentro dele, um colibri do qual amputassem as asas e o atirassem ao tempo.

Ficamos aguardando a chuva desabar. O céu, contudo, revelava-se uma fera raivosa urrando sem executar o ataque, nos mantendo atentos e irrequietos, observando as traquinagens de Deus.

A promessa não cumprida estendendo-se além do razoável começou a nos inquietar, fazendo-nos sentir na plataforma de uma estação acompanhando a descida dos últimos passageiros do trem lotado, sem que se aviste a pessoa que viemos buscar. O abade passou apressado pelo corredor de baixo, rodeado por sacerdotes de mãos postas à frente do peito e cabeça baixa, movimentando os lábios, murmurando coisas inaudíveis, sem tirar os olhos do chão.

"A missa", Deocleciano gritou, me puxando pelo braço, eu o acompanhei, seguimos pelo corredor quase impelidos pelo vento e em pouco tempo estávamos na estrada a caminho da igreja, arrodeados pelas serras, os dois na rural verde-mata, dirigida por ele na velocidade possível, a parcela miúda da imensidão eletrificada.

O bater do sino se juntou aos tinidos do tempo, a igreja parecia chacoalhar na medula da cidade, a cidade acorreu toda para o largo, as pessoas andando para um lado e outro, algumas em passinhos de passeio, atarantadas outras, as cabeças descobertas, nenhuma sombrinha visível, chapéus, galochas, capas de chuva, nada impermeabilizando ninguém àquela água, que, no entanto, não passava de anunciação.

Descemos do carro. O prefeito Pelópidas Blue, metido no terno de linho e sandálias de couro, caminhava pelo adro da igreja, submetido à imposição política de apertar a mão de quem quisesse ser cumprimentado, obrigando-o a recorrer ao lenço no bolso inúmeras vezes, ao ponto de ensebá-lo todo.

As duas mais velhas do seu Cravo de braços dados davam pulinhos sincronizados, jogando as pernas para frente, em passos de ginástica ou dança, talvez imitando as dançarinas do circo, quem sabe performando a expectativa geral. Eles, os artistas do circo, reunidos no canto de cima, temerosos do estrago que a tempestade, sim porque a arrumação era de tempestade, faria nas precárias instalações, a lona gasta, o caminhão capenga, e que se dane a secura da cidade, estamos de passagem, e a charrete na qual dona Chuta e Gigante acompanhavam recostados no banco de couro, a cabeça dele descansando no ombro dela, a capota arriada para não prejudicar a visão do espetáculo.

Tudo eu via enquanto o olho ultrapassava o mundaréu de gente me separando da casa de Hortência, para onde, isso sim, corriam os meus olhos, pescoço, cabeça, eu agora na ponta dos pés, esquadrinhando o caminho até lá.

Caminhei.

À frente da casa de Juliana do Pudim, o aglomerado impedia-me a visão da janela. Estranhei que a janela da casa disputasse com os arroubos da atmosfera a atenção de toda a gente.

Lá vinha o seu Cravo desviando-se da turba, caminhando ao meu encontro, achei que viesse me cumprimentar satisfeito com o panorama, como fizera Deocleciano, que também viesse reverenciar-me e se declarar devoto, entretanto parou ao chegar diante de mim, empacou, armou uma carabina em cada olho e falou no tom que apenas eu conseguiria escutar:

– Veja com os seus próprios olhos.

Desvencilhei-me da mão dele e o afastei. Arredando as pessoas à frente, cheguei à janela, Hortência reluzia sem olheira em nenhum dos olhos, o frescor de quem sai do banho ou assoma de boa água, sorriso de dentes tão alvos.

– Hortência!

Dessa vez a palavra não escapuliu da boca, traduziu o pensamento que desde a noite de ontem me aferroava.

– Engenheiro!

Sua voz foi capaz de pacificar o universo bélico. O universo, respondendo a este mandado, foi amainando, retrocedendo, depondo armas, aquiescendo, até silenciar de vez.

Fiquei paralisado à frente dela, pouco percebendo a transmutação acontecendo acima de nós, as nuvens se desmanchando uma a uma, se espraiando, alongando-se até se desfazer, azulando o céu há pouco cinza, exibindo ele, um segundo atrás emparedado: o sol.

Ao meu lado, o irmão Deocleciano não disfarçava a desolação. As pessoas olhavam para cima preguando a testa, tentando proteger os olhos do sol, que abrira um rombo no metal do dia, depois deram de se dispersar, umas no rumo da igreja, outras ganhando as ruas desembocadas no largo, como se enfrentassem a contramão da rua, desgastando-se no sentido contrário à correnteza de um rio, fazendo força, a caminho dos desconfortos de mais um dia estival.

Ficamos eu e ela, um em frente ao outro.

Hortência pediu que me aproximasse, eu me aproximei, ela ergueu o cabelo com as duas mãos, me encarou antes, virando-se depois, exibiu o pescoço longo, e lá, na pele de criança de colo que é a sua pele, a mancha violeta, apresentada aos moldes do navegador anunciando terra.

– Ele voltou.

Tentei tocar seu pescoço na tentativa de materializar o que via. Ela segurou minha mão, apertou-a, depois a soltou, encarou-me mais uma vez, recuou e fechou a janela.

Permaneci imóvel diante da janela fechada, aspirando em minha pele a fragrância da mão de Hortência, até ser conduzido por irmão Deocleciano à igreja. Lá dentro, padre Estrelinho iniciava a homilia, sem dissimular o mau humor.

Não prestei atenção à cerimônia, o padre maldizendo no sermão os homens e mulheres que com instintos de besta e pelagem de fera despertam a zombaria de Deus, "olha aí o resultado", apontou para fora da igreja, o sol excruciante, insistindo que Deus trataria melhor a humanidade se fosse despertado por cânticos de aleluia e graça, compromissos em dia, sacramentos cumpridos, invocou a incorrigível miséria humana, "contra a qual os senhores são incapazes de se opor", confirmou a quermesse se avizinhando, os dízimos atrasados, a canalhice dos políticos, os olhares subterrâneos das donzelas, tudo eu ouvia aos pedaços, a cabeça voltada para Hortência e para o que acabara de ver.

Seu Cravo esperava no adro ao final da missa, me chamou para uma conversa rápida, ainda afobado, caçoando o destempero do padre, "esse é doido de atar, mas tem seus momentos de lucidez, é bem relacionado na diocese, no Governo do Estado, e sem essa gente não se consegue governar". Dona Gérbera permaneceu à porta da igreja com as filhas mais velhas, Beladona e os trigêmeos Primeiro, Segundo e Caçula, conversando sobre a chuva que não caiu, o assunto de toda a paróquia.

Seu Cravo descansou a mão no meu ombro. Habituava-se a isso.

– Como disse, sua presença foi útil na noite de ontem. Diferente do lucifério que lhe antecedeu, o senhor pacificou o coração cristalzinho de Hortência. Pela primeira vez, depois de cinco anos, a menina se deitou para dormir. Percebeu que desapareceram as olheiras?

Fiquei curioso para saber onde ele iria chegar.

– O problema é que Lúcifer acende uma vela para Deus e outra para ele mesmo. Hortência amanheceu uma andorinha, até descobrir a pinta no pescoço. Imagine no que ela está acreditando agora?

– Não faço ideia.

– Agora, o engenheiro vai precisar convencê-la de que aquilo não foi obra de nenhum sanguessuga. Pelo menos não dos que levantam voo.

Dei um passo para trás.

– A pequena está convencida de que o embusteiro, ao perceber o interesse dela pelo senhor, resolveu dar o ar da graça, anunciando que vem a caminho.

Permaneci de boca fechada. Não fazia sentido ele continuar me tratando por senhor. Eu tinha idade para ser filho dele.

– Mas há nisso uma boa notícia. Se o morcego desconfia do interesse de Hortência pelo senhor, e morcegos delirantes não costumam dar rasantes por aí...

Nem sempre eu acompanhava o raciocínio dele, a realidade mostrava-se novamente turva, tornando-se difícil identificá-la no meio da cerração que, vez em quando, ainda se instalava no juízo do meu raciocínio.

Os pensamentos e a conversa com seu Cravo foram interrompidos por Azaleia. A menina, se aproximando sem pressa, segurou a mão do pai, sorriu para ele e o puxou na direção do carro de algodão-doce, já montado àquela hora. Ele não se recusou nem corrigiu o mau costume dos açúcares, seguiu com a filha. Fiquei olhando. Os cabelos de Azaleia balançavam em cachos, brincando entre eles. O laço nas costas do vestido, parecido aos que Samanta usava naquela idade, também balançava no ritmo dos seus passos, Azaleia me fazia bem, acompanhei o movimento dos dois.

Embora menino nesta experiência de atentar aos sentidos a despeito de pensamentos intrusos, eu constatava as sensações, tateava em torno delas, reconhecia-me. Percebi que até onde minha vista alcançava, a única habitante da cidade satisfeita com a tempestade interrompida era a cadeia, cuja manutenção seguia ignorada pela administração pública. A construção estava em pandarecos. Não sei se resistiria ao mundaréu de água anunciado, o alívio evidente até nas grades de ferro carcomido e as de madeira não menos gastas.

Os artistas do circo também comemoravam em volta da lona, mas os artistas são caminheiros, estão de passagem, não fazem parte destes vasos comunicantes onde tento me inserir.

Irmão Deocleciano se aproximou sem a ligeireza de costume, "mais longe já estivemos", disse de cabeça baixa, sem credenciar o que dizia, na boca um isopor.

No outro canto do largo, na casa de Juliana do Pudim, a janela permanecia fechada. Eu não sabia o que isso queria dizer, nem estava disposto a investigar. Cheguei a pensar em ir lá agora mesmo, contudo temi não ser recebido por Hortência, ignorado por ela às rodas com o morcego, isso seria mais inclemente do que o céu de fogo.

A insanidade de Hortência adquiriu relevância pela primeira vez desde que tomei conhecimento dela. Antes, tudo me parecia folclórico, zombeteiro, talvez prosaico. Agora eu me apiedava. Em mais de uma condição a piedade foi para mim a primeira manifestação de amor. A compaixão se apresenta como signatário do amor, anuncia-o, eu reconheço a chegada do amor, identifico o aceno. A partir daí, a criatura a quem iria amar adquiria existência, eu a distinguia no meio da mistura amorfa, a matéria comum a todas as criaturas, nenhuma até ali suficientemente real.

Com Samanta, não. Com Samanta a piedade se manifestou mais tarde, quando a lâmina amolada se alevantou sobre nós e a atingiu, e nos atingiu, entretanto não se tratava da compaixão que anuncia o amor, mas a lástima. Antes de tudo, eu amei em minha irmã a sua capacidade de não pertencer. Nem a ninguém, nem a nada. Isso fazia que sempre houvesse alguém disposto a atentar contra a sua solidão, muitas vezes mascarada de autossuficiência, valendo-se dessa estratégia desde que recusou a chupeta com a qual nossa mãe tentou amenizar-lhe o desamparo infantil. Por ser inalcançável, Samanta suscitava os mais atrevidos movimentos de quem a quisesse atingir, ainda a vejo, imensa em seu corpinho pequeno, isolado e frágil. Despendi os anos em que estivemos juntos a serviço dela, a partir do dia em que fui com o meu pai buscá-la na maternidade e minha mãe permitiu que a trouxesse no colo, no banco de trás do carro, seguindo a caminho de casa, estive tão grave!

Nesta tentativa de recolhimento, o que tento é desfazer as correntes urdidas a quatro mãos, minhas mãos afoitas por tecer, as mãos de Samanta instrumentos da melhor qualidade. E o contrário.

Esta cidade, todos logo ali, as pequenas casas permutando banha de porco por cima dos muros, as cercas de arame lasseado, Heitor ao léu, o cemitério onde se reverencia Aninha Tabuada era o que eu precisava para vislumbrar minha própria existência.

— Engenheiro!

Eu devaneava, mas a vozinha em miniatura de Gigante do Noca me trouxe de volta à praça. Tinha permanecido ali, depois que todos se dispersaram. Ele veio enquanto dona Chuta caminhava em direção à charrete, acompanhada por Angústia, protegendo-a do sol com a sombrinha aberta. Dona Chuta não permitia que Angústia ficasse fora da sombrinha, exposta ao sol. Colocava sua mão sobre a mão da empregada grudada no cabo, puxando a sombrinha ora para um lado, ora para o outro, lembrando-me o arlequim tentando se equilibrar no arame, como Samanta insistia em fazer no pequeno circo montado no quintal de casa.

— Vá em casa esta tarde, engenheiro. As tardes de domingo devem ser aproveitadas em boa companhia, se não ficamos entregues à melancolia pentecostal.

Vendo o irmão Deocleciano se aproximar, emendou:

– Embora o engenheiro esteja sempre bem acompanhado. O fâmulo mais promissor dessa paróquia.

   Deocleciano sorriu, outra vez animado, por conta do copo de pinga no Porta Aberta, onde não deixava de entrar quando vinha à cidade, e ele sempre entrava, o bar afinal não tinha porta.
   O irmão não deve ter entendido a expressão, mas gostou da palavra promissor. Talvez não concordasse com a saudação de Gigante se conhecesse o termo, Deocleciano tinha suas vaidades. Fâmulo é o nome que se dá a funcionários subalternos em uma comunidade religiosa, eu já percebera que ele ocupava uma posição diferenciada no mosteiro. Apesar de não fazer parte da facção frequentadora do gabinete do abade ou dos rituais dos penitentes, não poderia ser considerado um funcionário qualquer, desfrutando de regalias não permitidas aos demais. Deocleciano tinha a sua própria cela e desenvolveu como quis a oficina de marcenaria do mosteiro. Seu comportamento prestativo e o humor linear – mesmo que às vezes parecesse resultado de um autocontrole extremo – em nada destoavam da temperança predicada pela disciplina dos padres.
   Gigante estendeu o convite a ele.
   – Cheguem para a merenda. Chuta prepara bolinhos de chuva como não existem outros e Angústia adoça com o doce o azedume do nome.
   – Estaremos lá – respondi por mim e por meu amigo, e olhei para ele, sugerindo cumplicidade.
   – Certamente.

A manhã ia alta, a janela de Hortência permanecia fechada, as pessoas retornaram às ruas desafiando o sol, as casas encandecidas braços dados umas com as outras, esquecidas das desgracinhas que só de vez em quando acometiam a cidade. Logo a frustração pela chuva que não caiu seria esquecida, existe vida possível no estio e Flor de Algodão jamais se exclui da vertente da vida, seu Cravo afirmara mais de uma vez.

Mas as tardes de domingo têm mesmo o seu fado, como se fizesse sempre outono nessas tardes, Gigante não exagerou em invocar melancolia. Foi com determinação que aterrei os pés e levantei da sesta do almoço no mosteiro, refutando a madorra a postos.

Em pés de nuvem, para não denunciar o movimento, caminhei até a porta e a abri de repente, sobressaltando Deocleciano postado do lado de lá, como eu imaginava. Ele se assustou, os dentes alvoroçados dentro da boca, eu o abracei como se abraça um irmão caçula surpreendido numa transgressão, depois danei a rir, apertando-o ainda mais, tentando, na zombaria, diminuir o constrangimento dele. Surpreendi-me comigo, de súbito eufórico, inesperadamente fraterno.

Chegamos ao sítio, residência de Gigante e dona Chuta, pelo meio da tarde, a casa a poucos passos da Serra Maior, debrum da montanha, corri tudo com os olhos, vasculhei tudo por lá. Ocorreram-me avalanches e desabamentos, olhei para cima, tons de verde guarnecidos pelo azul do dia, aqui em baixo sombras por toda parte, árvores copadas, roseirais florindo, a novidade de descobrir cacimbas no deserto, quase aleluia.

Os passarinhos se assanharam todos, algazarra de andorinhas, periquitos e sabiás-laranjeira, reconheci cada um em voo a poucos metros de nós.

Abrimos a cancela e fomos recebidos por Angústia, refletindo nos olhos as tardes de domingo. Mesmo assim, procurava ser gentil, com movimentos delicados de corpo e um silêncio calmo. Na volta, Deocleciano me falou da filha dela, Maria Lua, morta aos sete anos por uma gripe que chegou a cavalo e a cavalo partiu, após espalhar as desgraças. A mãe a vestiu de noiva e debruçou-se sobre o caixão em cima da mesa da sala, velando o rosto pacífico da criança, ajustado à toalete branca. Na cabeça, a coroa de canutilhos azuis usada na primeira comunhão ocupava o lugar do tule que a mulher não chegaria a usar, porque não haveria mulher, mas estava ali, adornando o rosto da criança. Hesitei em ouvir, mas ele continuou falando. Angústia, ela mesma pouco mais que menina, descansou o buquê de margaridas entre os dedos entrecruzados da filha e enfeitou com rosas brancas cada pedacinho do caixão transformado na passarela da igreja enfim atravessada pela noivinha na pequena boda.

No terraço, os donos da casa nos esperavam um ao lado do outro.

Gigante se adiantou:

— Bem-vindos, cavalheiros, a casa é nossa!

– Vamos entrando – Dona Chuta alongou o braço e o estendeu, compondo um meio-círculo indolente, indicando a sala logo ali.

Antes de entrar na sala, vi na parede do terraço cinco pássaros de louça numa ordem decrescente de tamanho se vistos de baixo para cima. O efeito dos pássaros distanciando-se no voo era tão nítido que, se outros se juntassem a eles no sentido do telhado, sairiam voando pela cumeeira da casa, desaparecendo por lá.

Na sala, um sofá de quatro lugares, duas poltronas forradas por mantas em tecidos de cores quentes e fotografias do casal em diferentes tipos de molduras espalhadas pelas paredes, pela mesa de centro, as mesinhas laterais, e um grande quadro em moldura de vidro ovalada bem no meio da parede à direita. Nele, os dois, um de frente para o outro, trocavam um beijo com o bico dos lábios. Sobre a cabeça de cada um, uma pomba branca, certamente para autenticar o sentimento abundante que os une. Como estavam na mesma altura, é de supor que Gigante estivesse em cima de algum objeto destinado a acrescentar os centímetros necessários a atingir o rosto da esposa.

Entendi que era para exibir esses detalhes da decoração e da intimidade deles que estávamos sendo conduzidos pelo interior da casa. A casa era inteira avarandada e qualquer uma de suas laterais nos levaria ao quiosque lá atrás. Embaixo dele, para minha estranheza, todos já estavam acomodados, eu não sabia que havia outros convidados.

Enquanto a esposa nos acompanhava sem dizer qualquer palavra, Gigante comentava sobre esse e aquele objeto espalhados pela casa, abria uma porta fechada, "aqui o quarto onde Chuta faz os bordadinhos dela", apontando para a máquina de costura ao lado da janela aberta, "esse comprei num antiquário em Paris", tirou de uma prateleira pregada na parede o boneco de Marcel Proust feito em gesso, apresentando-me com orgulho, recolhendo-o de volta, mal o peguei na mão. A cristaleira cheia de pequenos objetos de louça, miniaturas de máscaras orientais, personagens da Ópera de Pequim pintados a pincel, carrinhos de pilha, "aqui a biblioteca onde leio e ouço boa música", abriu a porta sem entrar, dei uma espiada esticando o pescoço sem ultrapassar a entrada, a estante de livros do chão ao teto, o retrato de dona Chuta desenhado a nanquim numa lateral da estante.

Continuamos pelo corredor, agora passando em frente à porta fechada do quarto do casal apontada pela ponta do dedo de Deocleciano às costas de Gigante. Deocleciano até o momento não tinha se manifestado a não ser para pronunciar o 'boa tarde'. Notei a batina tosca que ele vestia, as sandálias gastas, as unhas sem corte, simulei repreenda crispando a boca às escondidas dos donos da casa, divertindo-me com a molecagem substituindo entre nós a reverência da manhã.

Na cozinha, em cima das trempes de fogão, o papagaio, "este é o Peixinho", me ignorou por completo, empertigou-se, levantou o pescoço e se dirigiu à dona da casa como se não a visse há dias: "mamãe Chutinha tão bonitinha", fazendo aflorar na boca de dona Chuta o girassol de um sorriso. Ela passou a mão pela cabeça de Peixinho, deslizou a mão pelo nariz de bengala que ele tem, falou palavras em tatibitate, recolhendo a seguir o girassol, seguiu até o quintal, os outros reunidos para a merenda, e exibiu na boca, em lugar do girassol amarelo, o molho de rosas brancas que em público lhe caía melhor.

Seu Cravo se levantou e abriu os braços: "Alvíssaras na tarde de um domingo que começou tão indigesto". Abraçou-me numa satisfação que se diria genuína, dirigindo-se depois a Deocleciano, que retribuiu com igual despacho.

Dona Gérbera cumprimentou-nos da cadeira, ladeada por Tulipa e Rosa Morena. Rosa Morena respondeu ao meu aceno abaixando a cabeça, sugerindo que iria corar. Não corou. O padre Estrelinho, este sim, se levantou do sofá de palhinha e veio ao meu encontro, estirando o braço, "São Pedro resolveu tirar uma com a nossa cara em pleno domingo", apertou com a mão direita o ombro de Deocleciano, amassando-o como se massageasse, dirigindo-se, não a ele, mas a mim, fazendo de Deocleciano um mero obstáculo entre nós dois. Estranhei os modos do padre, eu só o conhecia de ouvir falar e do sermão de há pouco, mas concordei com o que ele disse, valendo-me de alguma palavra sem cor.

Pendurado no galho da árvore ao lado do quiosque, o balanço onde Azaleia se embalava com a cabeça vergada para trás, cantando alto uma canção cuja letra só fazia sentido para ela mesma, acompanhada de perto pela menina que cuidava dela e tratava de empurrá-la pelos joelhos sempre que o balanço perdia velocidade. Devo ter olhado com insistência para Azaleia, levando seu Cravo a desviar minha atenção, fazendo-me sentar entre ele e a cadeira vazia, logo ocupada pelo prefeito acabando de chegar.

– Pelópidas Blue, o homem que nunca morreu nem tem inveja de quem morre!

Seu Cravo o recebeu com essa saudação duvidosa, enquanto dona Chuta se ajeitava na cadeira ao lado de dona Gérbera e das duas mais velhas. As meninas tentavam se acomodar em ambos os braços da cadeira de balanço na qual dona Gérbera estava sentada, embonecando a mãe, por sua vez satisfeita com a demonstração de apego das filhas, "vocês já passaram da idade, crianças", encolhendo-se, permitindo que as duas se arranjassem melhor.

De pé onde se encontrava, seu Cravo sorriu para aquele quadro de felicidade doméstica, com o ar satisfeito do lavrador observando a plantação depois do cultivo.

– O tempo não respeita quem age à revelia dele. Quem diria que teríamos essa tarde azul depois de uma manhã tão cinzenta.

Seu Cravo voltou ao assunto. Padre Estrelinho fechou a cara. Dona Chuta, que tinha colocado Peixinho no espaldar da cadeira, virou-se e passou o dedo de novo pelo nariz dele, as meninas de dona Gérbera foram desocupando os braços da cadeira onde a mãe continuava sentada. Dona Gérbera soltou um flato quase silencioso, "são gases", respondeu baixinho à repreenda de Rosa Morena, quando a filha, de olhos reprovatórios, sussurrou, "não fale gases, mamãe, é tão feio, diga: estou cheia de ares", e Gigante, talvez se sentindo responsável pelo andamento da conversa, interveio à vontade no papel de dono da casa:

– Deus sabe o que faz. Não acredito que Flor de Algodão resistisse ao dilúvio prometido lá em cima. Ainda bem que São Pedro encheu a bacia, mas não despejou a água.

E olhou para o prefeito, que sacou o lenço do bolso e deslizou o lenço perfumado pela testa, apesar de não se ver na testa dele nenhuma gota de suor.

– Flor de Algodão se equilibra entre a displicência de Deus e a preguiça do demônio.

Todos se voltaram para padre Estrelinho.

– E a competência dos senhores.

Dirigiu o olho primeiro para seu Cravo, depois para Pelópidas Blue. Os dois também se encararam entre eles lá.

Da cadeira, dona Chuta falou, sem erguer a voz:

– Venha, Angústia! Traga os bolinhos de chuva.

Ao terminar a frase, temeu que o apelido dos bolinhos reacendesse a discussão, "essa conversa está de dar dó", dirigiu-se ao padre.

Mas o assunto tinha mesmo saído de pauta, felizmente.

– E a barragem, engenheiro?

O prefeito comia um bolinho atrás do outro, falando de boca cheia, manifestando-se para mostrar serviço.

– Logo minha presença vai ser dispensável na barragem. Em pouco tempo vou deixar aquilo em condições de ser acompanhado por Gaspar, excelente mestre de obras.

Voltaram-se para mim. O prefeito espetou mais um bolinho e o afundou no molho de pimenta vermelha, alheio a tudo o que não fosse isso.

– Virei acompanhar o andamento do trabalho e fazer os ajustes que precisar.

De certa forma blefei. Não resisti a fazer uma provocação a seu Cravo, desafiando o controle dele. Eu não tinha pressa em sair da cidade. Embora minha presença não fosse fundamental para o andamento do trabalho a partir de determinado ponto, tinha interesse em permanecer ali.

Consegui. Seu Cravo me flamejou com os olhos, a ponto de não se conter:

– Temos pouco tempo, engenheiro!

Levantou-se e tornou a sentar.

Depois se levantou de novo, permanecendo de pé.

Tratava-se de ameaça, essa de apontar a velocidade do tempo. Seu Cravo retomava o leme. Outra vez Hortência entre nós. Eu não deixei de pensar nela em nenhum momento desde a manhã, porém a interferência dele me desagradou. Por conveniente que fosse tê-lo do meu lado, agora que eu tinha descoberto Hortência e a desejava, não admitiria cumplicidade entre nós. Tínhamos motivos distintos para desejar Hortência livre da vigia. Eu não permitiria que os seus motivos contaminassem os meus.

Gigante chegou com uma jarra de garapa, a moenda no quintal embaixo de uma latada ao lado da plantação de cana. Depois de nos servir, deixou a jarra em cima da mesa, ao lado dos bolinhos de chuva e dos doces preparados por Angústia. Notei que a mesa tinha pernas tão grossas quanto as da dona da casa. Dona Chuta naquele momento cabeceava uns sonhos na cadeira de balanço, de onde não arredara pé desde que sentou.

Olhando a pequena construção anexa a casa, me lembrei do depósito de livros do qual Deocleciano falara. Ao lado, a charrete, a espaçosa gaiola do papagaio de portas abertas, um cavalete de pintura sem uso, telas empilhadas uma ao lado da outra, pincéis enfiados num balde desbotado. Dona Chuta estava por toda a casa. O marido também. Eles a ocupavam por inteiro, formando mesmo uma junta. Não do tipo que se entrincheira contra um mundo hostil, unindo-se para enfrentá-lo, mas das parelhas que se formam para usufrui-lo.

Nem me dera conta da ausência de Gigante, quando ele apareceu vindo do quarto pegado com os livros na mão. Chamou-me para a mesa ao lado e apresentou quatro livros de sua autoria. O primeiro que folheei: "As Vespertinas do Amor", dedicado à esposa, "fonte de toda a água cristalina". Nos outros três, dona Chuta era citada nos agradecimentos. Leu em voz alta o parágrafo escolhido para representar seu talento de escritor, desviando de quando em quando o olho para a mulher, alongando-o aos outros. Depois, leu uma poesia do livro de poesias, incitando o aplauso dos que permaneceram embaixo do quiosque sem dar atenção à leitura, voltados agora para onde estávamos, em cortesia ao autor. Autografou os livros um a um, em letras redondas, quase femininas, agradecendo a presença na casa dele àquela tarde.

Concluiu, apontando em minha direção, falando alto para que ouvissem: "Uma sensibilidade incomum entre os engenheiros".

– Fique aí, meu caro! – seu Cravo ergueu a voz, levantando da cadeira no momento em que Gigante se levantou da sua e eu me preparava para levantar também.

– Com esse jeito caladão, o engenheiro dá nó em trilho de trem.

Ele agora gracejava, ou tentava gracejar.

– Não precisou mais do que uma visita para conquistar a menina, isso é ter boa pontaria!

A vulgaridade da expressão não me agradou. Talvez nem fosse vulgaridade, a palavra não lhe fazia justiça, mas outra vez seu Cravo insinuava uma intimidade que não tínhamos e sugeria a cumplicidade que eu não queria ter.

– Talvez eu não disponha de tempo para usufruir junto com ela a companhia do morcego – foi minha vez de fazer graça.

– O senhor tem todo o tempo do mundo. Observe ao redor e veja se alguém tem pressa em vê-lo pelas costas.

Olhei em volta. Ninguém demonstrava interesse em nossa conversa, nem em mim, nem nele, viviam suas vidas como se não houvesse testemunha, arranjando-se entre eles, dentro deles, o comportamento autônomo e livre. Isso me pareceu agradável, novo, estiquei os olhos até Azaleia e a vi correndo pelo canavial tentando se esconder da menina no encalço dela, o prefeito sentado na rede atada nos galhos da castanheira, emendando as tiras de um estilingue, valendo-se da circunspecção inerente ao cargo público.

Deocleciano veio até nós, atendendo ao chamado que não fiz.

Levantei.

– Se sairmos agora, assistimos ao pôr do sol na estrada, do jeito que você aprecia.

– Vão sim. O sol se pondo entre as serras é um privilégio que não se deve abrir mão – seu Cravo não conseguia ficar calado.

Despedimo-nos. Beijei a mão de dona Chuta, só porque desejei manifestar apreço. Ela simulou um sem-jeito quase dengo. Na saída, vi, por uma brecha do vitrô do quarto dos fundos, dois pares de algemas de pelúcia com argola, um par de luvas de filó, uma boneca de pano em trajes de fada com o olho esquerdo estufado e uma coleira de couro dentro da caixa de papelão aberta em cima de uma pilha de livros.

No carro, Deocleciano falou que na paróquia dava-se como certo: dona Chuta vestia espartilho e cinta-liga por baixo daqueles babados fora de suspeita, "sentiu o cheiro da naftalina?".

Sem desviar os olhos da estrada, desandou a rir e a se mexer no banco como dançasse, embora não ouvíssemos música, a sonoplastia por dentro das carnes dele. Seguimos sacolejando pelo caminho de terra. Deocleciano não tirava as duas mãos do volante, vergado sobre ele, de súbito calado, acelerando, tentando vencer a trepidação, feito estivesse atrasado para um compromisso ou obedecesse a um comando inflexível. Suas variações de humor, acompanhadas da demonstração física desses episódios, nem sempre correspondiam a acontecimentos que se pudesse perceber.

A passagem dos pneus pelo chão seco, além de levantar poeira deslocava pedrinhas de um lado e outro da estrada. Uma delas retrocedeu, atingiu o para-brisa e trincou o vidro, riscando ali um relâmpago.

"Rosários bentos!", Deocleciano olhou para mim com a mesma devoção demonstrada pela manhã, movimentou para cima e para baixo a incrustação prateada dos dentes e acelerou fundo, como se fugíssemos.

Meu amigo não compreendera que eu não estava mais em rota de fuga, mas de chegada.

Dois dias depois, chegando à represa, encontrei Gaspar debruçado sobre o trator, tentando resolver o enguiço que impedia o funcionamento do motor desde o começo da manhã. Ainda se podia sentir o cheiro de borracha queimada, apesar de Gaspar me dizer que acabara de desconectar um polo da bateria ao constatar avaria na fiação elétrica. A correia do ventilador estava rompida.

– Alguém esteve aqui e rompeu a correia.

Ele se referia a sabotagem. Lembrei-me da conversa com seu Cravo na tarde do domingo. Admiti que ele poderia ter sabotado a máquina para atrasar a obra, depois de considerar o que eu havia dito. Achei ao mesmo tempo absurdo e plausível; quem sabe delirasse outra vez.

Não disse nada a Gaspar, tratava-se de hipótese, talvez prematura, e das mais bizarras. Da mesma forma, me fiz de desentendido quanto ao que ele queria sugerir. O fato é que estávamos de mãos atadas.

O mestre de obras posicionou-se à minha frente e bateu as palmas das mãos, esfregando uma na outra.
– Foi de propósito.
– Quem teria motivo?
– Você é capaz de responder, gire o pensamento – fez uma roda no ar com o dedo e voltou a bater as mãos uma contra a outra, saindo em direção à guarita.

Acompanhei-o, mantendo alguma distância, refletindo. Na guarita ele se sentou no banquinho, deixou a porta pensa aberta, tirou a camisa e passou-a pelo rosto suado. Crispou os olhos e a testa.

– O engenheiro que veio antes de você foi boicotado de todas as maneiras, até ser expulso a bico de bota.

As fichas caíram-me todas de uma vez, como se minha cabeça fosse uma máquina de jogos eletrônicos e eu chegasse vitorioso ao *game over*. O pai de Hortência era menos inofensivo do que eu considerava. "Hortência e a represa do Lírio D'Água são águas da mesma fonte e o timão está comigo", a frase dita poucos dias antes tomou corpo e se materializou; abri os olhos para enxergar melhor. "Estamos em navegação", ele concluiu daquela vez.

Acontece que eu não estava disposto a navegar, não na embarcação em que ele se fazia marujo, comecei a me movimentar para um lado e outro, desconfortável. Decidi encerrar por ali a participação no projeto declarando rompido o acordo de trabalho. Voltaria para a capital e para a vida que deixara lá, para nós, para tudo. Ou tomaria outro rumo, longe daquele domicílio de um dono só. Da mesma maneira que Gaspar fizera há pouco, bati a palma da mão uma contra a outra, ainda andando em círculo, não para limpar qualquer sujeira, mas para lavar as mãos do projeto e me despedir. Não havia como continuar atuando nesse campo enlameado, os pés afundando na lama, meu amadorismo devassado, sentia-me em chinelo de dedo nada adequado ao trânsito pelo mangue do cinismo, grandes palavras escalavam-me a cabeça, todas volumosas, nenhuma suficiente, a cabeça difícil de ser acalmada cheia de ideias dentro. Eu não tinha para quem denunciar o comportamento do meu contratante, inclusive porque não existia nenhuma prova de que ele boicotava a construção da represa, menos ainda que agisse por interesse próprio, sua contribuição para o progresso da cidade era conhecida e não de hoje, quem eu penso que sou, o maluco não seria ele, brincadeira essa!

Fui interrompido pelo olhar insistente de Gaspar aproximando-se, vergando o rosto à frente do meu, tornando a vergar, paralisando-me, tentando traduzir o semblante perturbado que certamente eu tinha.

– Engenheiro!

Ele cortou, me trazendo de volta à represa, à manhã e à cidade.

A Hortência.

A Hortência que, substituindo palavras e atitudes do seu Cravo, ergueu-se no meu pensamento com a amplitude daquele sentimento novo e fresco. Hortência elevou-se de corpo inteiro, diminuindo tudo que há um segundo soava conclusivo, restituindo a certeza que no dia anterior soara categórica: eu estava de chegada, e que homem continuo sendo eu, nem bem desembarco sinalizo a partida, ameaçado por um companheiro de folia em tudo original no momento de escolher as fantasias com as quais se enrodilhar no cordão onde também devo entrar, concluí em definitivo, livrando-me de pensamentos circulares e inúteis.

Pois entrei no cordão, gastando aquele dia entre a barragem, o teco-teco, a sesta no mosteiro e o banho no único riacho onde havia água abundante, no final da tarde. Nu, como só se banhava Deocleciano, mergulhando ao meu lado na água gelada em direção às piabas, esticando o fôlego ao ponto de retornar arroxeado, enchendo as bochechas, assoprando os lábios, fazendo deles um motor por onde jorrava água e infância.

Samanta não tinha medo de água fria, sempre a primeira a se atirar quando chegávamos ao rio, ao açude, qualquer riacho, e mais tarde ao mar.

"O mar", ela apontou o dedo em direção à água na primeira vez em que viu o mar, enquanto botava a outra mão na boca e se admirava. Tinha oito anos, me puxou pelo braço e disparamos ao encontro das ondas, fortes naquele começo de manhã. Quando botou os pés na água parou e ficou olhando, com uma gravidade incomum para a idade dela. Depois, sorriu uma distração, deixando-se cair pelo meio da espuma, ondulando para cima e para baixo junto com a marola, se lambuzando de areia, de sargaço e sal. Não se voltou para mim em nenhum momento, nem pensou em dividir comigo a descoberta ou qualquer sensação. Também não procurou comunhão ou exigiu testemunha, diferente das crianças habituadas a reivindicar assistência antes de atuar o prazer. Ficou por ali às voltas com tudo, apossando-se do momento, como se o experimentasse desde sempre e regressasse de uma ausência. O mar era seu. O horizonte, também azul, não a intimidava. Nada existia além daquilo. Não havia outras pessoas na praia, embora crianças e adultos se movimentassem em torno de onde estávamos.

Havia ela e o mundaréu de água que a circundava. Ela, apenas.

Juntando as duas mãos em concha, se abaixou e bebeu um gole grosso da água salgada, fechando os olhos, fixa, suave, como quem, retornando a casa, se apossa da herança que não considerou no momento da partilha. Tomada a posse, ficou de pé e me olhou, quase surpresa com minha presença ali. Os olhos bem abertos embaixo dos cílios molhados denunciavam minha insignificância ante o seu latifúndio, embora fosse sem acusação que os seus olhos denunciavam, constatando a frivolidade de maneira naturalmente superior e certa. Para isso, pouco se mexia, não alterava as feições do rosto infantil, nada dizia, não insinuava, existindo, existindo.

Permanecemos assim até ela se distender compassiva, relaxando os ombros num pequeno cansaço, talvez tédio, regressando a nós do modo mais simples. Esse gesto magnânimo de minha irmã caçula enlaçou-me, atirando uma tarrafa de pesca por cima de mim.

Quando entrei no quarto do mosteiro, finalzinho da tarde, encontrei na mesa de cabeceira e embaixo da moringa um envelope com o logotipo de Cravo do Lírio D'Água, uma orquídea roxa em alto relevo sobre o papel branco, todos os papéis de uso pessoal encomendados na gráfica da família sediada na capital.

Abri. "*O presente é uma demonstração de acolhimento. Use para encurtar as distâncias que por aqui não são grandes, no entanto se tornarão ainda menores se atravessadas com privacidade e vento no rosto. Venha buscar*".

Antes que eu tentasse entender, Deocleciano abriu a porta daquele jeito de quem vai anunciar incêndio. Quase sem fôlego pediu que eu descesse ao gabinete do abade: "Agora!".

Descemos juntos.

Na sala, o abade, o anão que tinha quase a mesma cara de Deocleciano e os gatos.

Apesar de bom observador, não me chamou atenção a motocicleta no corredor, próximo à porta de entrada.

– Vire-se – o abade apontou para lá.

Uma motocicleta azul-marinho com selim de couro preto, cheirando a tinta, conferi com um passar de olhos.

– Não é oferta da Diocese, nem da Prefeitura, mas da cidade inteira. A motocicleta é sua, pode montar.

Meu espanto foi genuíno.

– A que se deve?

– Como a que se deve? Por que não deveria?

Ele sorriu uma empáfia, cruzou as mãos nas costas e se movimentou devagar pela sala, olhando para o chão,

resvalando o bico do sapato aqui e ali, como se avaliasse as condições do tapete.
— Não posso aceitar.
Dei as costas para a moto, evitando correr riscos.
— Não seja desagradável, rapaz!
O sorriso de canto de boca queria diminuir a rudeza da frase. Tinha lábios muito finos o abade, e agora os apertava um contra o outro a ponto de torná-los pálidos.
Os olhos de Deocleciano eram duas bolas de gude prontas para as brincadeiras. Segurando meu braço, conduziu-me à porta.
— Pode lhe ser útil um dia desses.
Era o que eu precisava ouvir para ignorar os argumentos disparados pelo gatilho do juízo.
O escrúpulo foi derrotado. Agradeci comedido, disfarçando ao mesmo tempo o prazer e a aflição, ansioso para sair dali. Empurrei a motocicleta até a entrada do mosteiro, montei e ganhei a estrada de terra, a rodagem, voando para a cidade onde estava Hortência, pensando ser o cavaleiro que vai recolher à garupa do cavalo de metal a mulher pela qual está apaixonado, e eles vão desaparecer no pó da estrada, cruzar o rio, ultrapassar a muralha de serra, chegar ao vale, e ser felizes para sempre, como manda a lei das historinhas que Samanta insistia que eu lesse para ela todas as noites, deitados na cama um ao lado do outro, antes de dormir, um dedo na minha boca, outros dois se revezando entre minhas orelhas e o nariz.

Mas há atitudes movidas por intenções que correm ao arrepio da lei. Hortência não estava na janela, a casa estava fechada. Bati na porta, ninguém atendeu. Insisti. Nada.

O vizinho debruçou-se na janela dele e falou de lá, cofiando o bigode branco despencando em dois filetes pelos cantos da boca, assemelhando-o a um chinês velho:

– Saíram faz pouco, mãe e filha. Fazia tempo que eu não assistia a essa cena.

As lâmpadas coloridas circulando a praça penduradas no fio elétrico acenderam todas de uma vez, enchendo o largo de luz e cor. Virei-me e só aí me dei conta das barracas iluminadas para a festa, no momento que era abalroado pelo cheiro de todos os pratos quentes para os quais o milho se presta.

Tomei a motocicleta, circundei a quermesse de São João e retornei à estrada.

Vem de longe a minha antipatia por gatos. Miam quando sentem fome e azunham de barriga cheia. Ouvi os ruídos quando, de volta ao mosteiro, estive diante da porta do gabinete do abade. Estava decidido a devolver a motocicleta. Foi um ato impensado aceitar o presente que a qualquer momento se voltaria contra mim. Aceitando, eu oferecia o pulso para a corrente com a qual seu Cravo pretendia me atar. Todos eles, talvez.

Deocleciano segurou minha mão antes que eu batesse na porta para romper o aro da corrente, me puxando pelo corredor.

– Não faça isso – disse, quando, depois de quase corrermos pela estradinha levando às celas dos meninos infratores, ele parou, obrigando-me a frear também.

– É melhor não contrariar essa gente.

– Não é a sua gente essa aqui?

– Você não vai buscar Hortência? Ela está na chácara esperando que a procure.

– Por que eu iria?
– Porque está enamorado e isso é bom.
Permaneci calado, não gostei daquilo. Ele se agachou, pegou um punhado de terra, abriu a minha mão e deixou a terra escorrer da mão dele para a minha:
– Eis aí um amor. Brotou do barro uma estrada.

O chuvisco de terra escorrendo para a palma da minha mão aberta estancou o tempo mais uma vez, imobilizando tudo o que configurava o momento: a estrada de pequenas pedras, a ansiedade de Deocleciano acompanhada de poesia barata, minhas dúvidas a respeito do que fazer, a percepção de que a cada gesto eu me enrodilhava em uma teia da qual não pretendia escapar. Diferente de Samanta, com a qual me enovelara em outra trama, desta vez eu me sentia artesão do tecido e não fio de um tecido há muito esgarçado.

Bati as mãos uma na outra para me livrar do pó.

Na direção oposta, vindo da construção onde ficavam as celas e a capela, surgiu a mulher vista no pátio na manhã da chuva que não caiu. Usava o vestido preto pelo meio das canelas e o mesmo véu na cabeça baixa. Quando nos viu, diminuiu o passo, continuou vindo, os olhos nas pedrinhas do chão, vergou-se mais, evitando contato, imaginei que daria meia volta se pudesse, porém era tarde. Ao passar por nós levantou a cabeça e me cumprimentou com um leve ondulado da boca de onde saiu um som coaxante, quase indigente. Era mais nova do que a vestimenta sugeria e seu rosto me lembrou alguém que não identifiquei.

– Angelina. Veio buscar as vestes litúrgicas para lavar. O abade não confia as peças da homilia a nenhuma outra.

Quando me dei conta, entrávamos na capela. Ela ocupava o mesmo bloco da construção onde ficavam as celas. O teto era baixo, a capela miúda, quase gruta, em desacordo com as dimensões do mosteiro. Duas tochas de fogo brando, uma de cada lado, não eram o bastante para iluminar por completo o local, formando rabiscos de luz e vultos pelas paredes brancas. Os dois bancos estavam perfilados criteriosamente, toras de madeira distribuídas por ali faziam as vezes de apoio onde se podia sentar. A ausência de pó, o encerado do piso de tábuas e a integridade das paredes demonstravam o cuidado com a limpeza. Percebia-se a impecável manutenção do lugar, apesar da iluminação precária. Encrustado na parede frontal, uma imagem de santo acompanhava com os olhos de vidro todos os movimentos executados por lá. "São Lucas Evangelista", Deocleciano apontou para ele, aproximou-se de uma das tochas e a segurou de costas para mim, os olhos fixos no fogo, dizendo, como fosse reza: "Simboliza o fogo purificador, o sangue e o martírio. A chama nunca se apaga, as tochas só saem daqui para a missa de Pentecostes e dos santos mártires. Na procissão dos penitentes usamos estes archotes para acender as velas, mas não os tiramos daqui. Você deve ter percebido que ninguém portava tochas daquela vez. Nem mesmo o abade".

Não esperou resposta, ajoelhou-se no degrau à frente da imagem, fechou os olhos, abaixou a cabeça e apoiou a testa nas mãos cruzadas. O altar estava pronto para os serviços religiosos, os objetos à mão. O missal, o cálice sobre a patena, a pala sobre o cálice, tudo como aprendi no catecismo e ensinei a Samanta quando chegou a vez dela. As galhetas. Duas jarrinhas de vidro, onde vão a água numa e o vinho na outra, os fluidos sagrados do ofício. "O sangue!", Samanta segurou com as duas mãos a garrafa do tinto deixado por nosso pai no centro da mesa para o almoço de domingo. Quando todos se sentaram, ela rasgou o pão em pequenos pedaços, transformando-os em hóstia e distribuiu rodelinhas para cada um, repetindo "O corpo de Cristo", ao que todos respondiam "Amém", também solenes, provocando ao final a gargalhada que quase a derruba no chão, Samanta se vergou de tanto rir, as mãos enlaçadas no meio das pernas, o cabelo vertendo pelo rosto sanguíneo, a porteira que a troca de dentes lhe abriu na boca. Levantei e a tirei do chão, tentando elevá-la, e ainda mais, quase caindo os dois, girando pelo meio da sala, felizes assim, enchendo de beijos seu pescoço suado, a barriga de pele azeda e salgada, o umbigo onde ela dizia abrigar um casal de marrecos que só ela via, mas um dia me deixaria mergulhar junto com eles no lago de sua propriedade, o poço do umbigo.

Quando saímos da capela era noite. É possível que Deocleciano tenha tentado desviar minha atenção, não conseguiu, portanto vi quando Angelina, carregando a trouxa de roupas nas mãos, entrou pela porta ao lado da capela. Não me pareceu que estivesse de passagem, dirigia-se para lá mesmo, habitante da casa.

Sentamo-nos em um banco de jardim ao lado da fonte silenciosa no pátio interno do mosteiro. Foi Deocleciano quem sugeriu, embora eu tivesse acabado de dizer que estava com sono. Ao sentar, ele fechou os olhos, cruzou as mãos e as deixou sobre o colo, depois começou a deslizar a palma lentamente por ambas as pernas, tentando deslocar a mente ou sossegar, algo assim. A noite estava calada e escura. De olhos fechados, ele passou a falar de dentro do seu próprio escuro, voltado para lugar nenhum:

– Não fui o filho que o meu pai gostaria de ter tido. Nunca alcancei o seu tamanho. Na verdade, nem cheguei perto. Apenas um fâmulo, Gigante disse bem. E ainda assim por bondade deles – apontou para o corredor do mosteiro.

Voltei-me para Deocleciano tornado menino e continuei escutando, interessado, dissonante da displicência dele.

– Gigante sabe o que diz, porque nos conhece bem. A mim e ao pai.

Estávamos tão próximos e Deocleciano tão sossegado, que seu rosto plácido, quase estático, isento dos rasgos que as expressões pessoais conferem a cada rosto, me remeteu à mulher com quem cruzáramos há pouco e que eu acabara de ver entrando na cela ao lado da capela.

– Minha mãe. Angelina.

Ao responder a indagação silenciosa, ele abriu os olhos e se virou para mim.

Ficamos olhando um para o outro num silêncio íntimo de raro conforto, emudecendo qualquer pergunta a respeito do que acabava de escutar.

– Existem coisas que é como se não soubéssemos que existem. Algumas são as mais preciosas. A minha origem é um acontecimento que o mosteiro acha por bem desconhecer.

Eu não disse nada, ele prosseguiu.

– Mas são os segredos que potencializam a realidade muitas vezes reles.

Agora já não era menino, Deocleciano, mas o homem refletindo no dentro da noite, sentado ao lado de um confidente estrangeiro no banco do jardim. Poucas coisas nos tornam tão graves quanto a posse muda de um segredo.

– Nas casas, por mais exuberantes que sejam os ambientes à mostra, nada é tão atraente quanto os aposentos aos quais não se tem acesso. Gigante não abriu a porta do quarto de casal, você viu. Apesar disso, eu vasculharia tudo por lá e iria me deparar com objetos nunca visíveis se ele tivesse aberto a porta para nós com suas mãos. O silêncio é poder concentrado. Os escritores escarafuncham os silêncios. Escrevo silêncios todas as noites no caderno que não tiro da cabeceira da cama. Você guarda silêncios, engenheiro?

Da segunda vez em que eu e Samanta chegamos ao mar, era fim de tarde. Estávamos calmos os dois, no carro tinha sido tão quente. O mar também estava calmo, como de resto todo o fim do dia naquela ponta de areia, onde o pai alugara a casa para passarmos a semana do feriado. Tão logo descemos do carro ganhamos a areia, Samanta chamou, me guiando pela mão, sem excessos, sem comando, apenas desejo de ir. A mãe reclamou de nosso desinteresse pela casa: "olha que bonito o aquário", cobrando principalmente de mim: "larga tua irmã, vem aqui", o pai: "deixa eles", eu: "preciso ajudar?", "não precisa, filho, vai com ela", e ela: "vem comigo", estendeu a mão, e a mão de Samanta nunca era mão, ali anzol, e eu peixe.

A extensão de areia na maré baixa, a longa vazante daquela região faziam-me sentir atravessando um deserto de areia molhada, acabava nunca, disse isso a ela, que meio que riu, e seguimos emparelhados, Samanta crescera, vencemos o deserto em silêncio, os olhos à frente, não os meus, circulando por qualquer lado, volúveis os meus olhos saracoteando por toda parte, mas os dela, à frente, e firmes, densos, o corpo reto de quem vai a um encontro onde se sente esperada, e enfim o mar diante de nós.

De novo o mar, de novo nós.

Samanta largou a minha mão sem desviar os olhos da água ou do tempo impalpável e estendido por todos os lados, fomos entrando sem dificuldade, o pregueado da arrebentação nada mais do que espumas serpenteando pelas nossas pernas, acima dos joelhos ela, abaixo dos joelhos eu, as ondas tão fracas embora a água intensa, avançamos, até a água bater no umbigo de minha irmã, depois o peito, e aí, se desvencilhando da minha companhia, ela se atirou, mergulhou e desapareceu dos meus olhos.

Deocleciano me trouxe de volta ao banco do mosteiro. Noca, o pai de Gigante, percebeu cedo que na cabeça do filho transbordava o que lhe faltava no resto do corpo. Ainda que não tivesse condições de mensurar o talento dele, não foi negligente o bastante para ignorar. Pegou o garoto pela mão e o levou ao mosteiro numa tarde de domingo, pedindo sem rodeios ao irmão Battistini que se encarregasse da educação dele, o filho dispunha de terreno fértil para o plantio, "lembra bijuteria, mas é ouro". Pagaria, não com dinheiro, que não tinha, mas da maneira que o abade achasse conveniente, ele também possuía talentos e os oferecia em troca do que viera pedir, um escambo.

Não encontrou resistência. O menino seduziu o abade com o brilho do olho duro e o siso, permanecendo em silêncio, de pernas cruzadas numa poltrona ao lado do pai, arrodeado pelos gatos que, dizem, pareciam reconhecê-lo, exibindo-se à frente dele feito cães. Noquinha foi aceito após curta avaliação, logo dividindo os bancos do colégio com os meninos cujos pais pagavam caro para isso. A partir desse dia, e enquanto viveu, a decoração da capela de São Lucas Evangelista, por ocasião das celebrações sagradas, esteve nas mãos de Noca, competindo consigo mesmo na concepção de cenários os mais variados, valendo-se desde o papel crepom até o cetim do chaise, estimulado pelo espírito do abade permissivo às experimentações estéticas e pelos cofres da congregação, disponíveis em especial para a manutenção da qualidade da adega, as extravagâncias gastronômicas e os aviamentos litúrgicos festivos.

Quando Noca restou soterrado nos escombros da igreja, Battistini foi pessoalmente buscar o menino na casa vazia de pai e mãe, cuidando dele com a mesma disciplina e austeridade dispensada aos outros internos. Com a diferença de que a este devotava afeto, apreciando-o por reconhecer no garoto sisudo aspectos de sua própria têmpera, os dois varando tardes de finais de semana degustando Schubert, o músico preferido do abade, arguindo-se um ao outro a respeito de palavras pinçadas dos dicionários, zênite, apócrifo, sacripanta, azáfama, espiroqueta. Alfabetizou-o em português e italiano, com noções fundamentais do latim: *a fructibus eorum cognoscetis eos*. "Pelos frutos se conhece a árvore", está fertilizada a árvore estéril de Battistini, *gloria inexcelsis Deo!*, o menino papagueava com facilidade, para deleite do mestre.

Ao perceber as limitações físicas do garoto com o correr dos meses, o abade passou a chamá-lo de Gigante, para que a força da expressão neutralizasse a deficiência do corpo, elevando-o de imediato diante de todos. Foi ele quem orientou Gigante a se referir a Rui Barbosa e seu discurso em Haia, caso fosse inquirido a respeito de sua compleição física. E o convenceu desta verdade: mede-se o tamanho do homem a partir da testa, em função das suas ideias e do raciocínio, numa progressão ilimitada. Levou-o até a frente do espelho no gabinete e, mostrando-lhe o homem vitruviano de Leonardo da Vinci, equiparou-o ao desenho em matéria de proporcionalidade, "você se reconhece?".

Depois, para não haver dúvida de que o menino se encontrava em boa companhia, apresentou-lhe três ou quatro telas de Toulouse-Lautrec expostas ao lado da adega, chamando a atenção para a segurança dos traços, a vivacidade das cores, o domínio da serigrafia. Não fosse suficiente, mostrou três fotografias de corpo inteiro do artista, informando que este pintor consagrado não ultrapassou o metro e meio de altura, sem que isso o impedisse de construir uma obra resistente ao tempo: "Apenas não imite seus excessos boêmios, eles lhe custaram a vida ainda moço".

– Gigante deixou o mosteiro para casar com Salva, que só os de casa chamavam de Chuta àquela época. Muito jovens os dois, agora o menino era eu. O abade morreu pouco depois, sem reconhecer em mim, seu filho de fato, marcas do que valorizava no outro, tomado para si bem antes de eu nascer. Meu pai deu uma banana para as conivências do sangue, privilegiando os afetos da convivência, e minha mãe se revelou uma viúva exemplar, nunca mais tirou o preto do vestido, e mesmo das anáguas, embora apenas ela considere o seu fictício estado civil.

Eu estava submerso na história que acabava de ouvir. Não apenas na história de Deocleciano; mergulhara em todos os afluentes, dos minúsculos aos mais encorpados, os afluentes que derivam do rio ou desembocam nele, o rio que apresentamos como a substância da nossa identidade, uma aquarela onde as camadas inferiores da água, de cores intensas, apesar de turvas e povoadas de peixes e objetos naufragados, encontram-se esfumadas pela mansidão da superfície.

Lá de cima, no corredor, notei a presença do abade nos observando. Fiz um sinal para Deocleciano, para que também o visse, mas ele pareceu ignorar o meu gesto. Ainda assim interrompi a conversa, levantando-me, agora precisava ficar só. Sentia-me humanizado de todo. A ponte estendida entre mim e o meu confidente libertava-me, mesmo que de maneira provisória, da solidão absoluta que nos acomete.

Despedi-me dele com um abraço de corpo inteiro e seguimos para nossos quartos.

Amanhã vou ao encontro de Hortência, e que se danem delírios e morcegos.

ENGANA-SE quem pensa que esta cidade insignificante não é digna dos moradores que tem. O piano de cauda, a pequena noiva anja, o roteirista de Hollywood, o menino alfabetizado em latim, mosteiro construído à boa pedra, Manoel. Flor de Algodão, entrincheirada pelas montanhas do Lírio D'Água, é absoluta no território que ocupa, dos subterrâneos mais profundos ao desmesurado céu. Como se iludem os que tomam a parte pelo todo, ignorando lascas e moléculas, sem conceder olhos de esquadrinhar fragmentos, os únicos capazes de esmiuçar avessos.

Da mesma maneira que Hortência, Flor de Algodão se mostra por retalhos. Qualquer toalha, por melhor o tecido ou mais bem urdida a trama, não passa de retalhos reconciliados para produzir beleza. Voltando a retalhos se mãos exasperadas violentarem a inocência da peça, expondo os fragmentos de tecido.

Mas não há mãos exasperadas nesta cidade, que faz da trincheira de montanhas lona de circo, manto de santa ou cabana, onde crianças brincam de se esconder, agachadas, divertidas, donas das pernas que têm. Existe no norte da Índia, no estado do Rajastão, um templo dedicado a Karni Mata, uma mulher hindu nascida na casta Charan, de longínquo passado, tantas vezes rediviva e de quantas formas. Este templo é conhecido como Templo dos Ratos, habitado por vinte mil ratos, todos sagrados, convivendo em harmonia entre eles e os fiéis, transitando de lá para cá entre as pernas uns dos outros, bebendo do mesmo leite, dividindo o prato com a segurança de quem não tem do que se defender. Nenhum rato ultrapassa os muros do templo para sair e ganhar os esgotos da cidade, da mesma maneira que os ratos de fora não ultrapassam os muros para entrar. Quando a peste dos ratos se abate sobre a população do país – e isso acontece com uma frequência de todo dispensável – apenas os frequentadores do Karni Mata estão a salvo, os seus roedores não provocam doenças, alimentados do leite purificador, portanto um oásis.

Existem desses oásis no mundo. Flor de Algodão, humana de pele e tijolo, não desconhece o poder das divindades, todavia alimenta os rebentos com o mais vermelho sangue selvagem.

Pois deu de botar o vestido vermelho, Angústia, toda vez que vai à cadeia levar o almoço do preso, desde que ele voltou a ocupar, sozinho, a cela habitada há anos. O outro, o viúvo Ecumênico, flagrado perambulando sem roupa, com a calça na cabeça pelos corredores do cemitério, foi favorecido pelo indulto assinado por Cravo, em nome do juiz. Herondy do Balão prefere ficar sozinho na cela, que nem é tão pequena, às voltas com as revistas trazidas por Angústia junto com o prato de comida, recortando figuras e fotografias de artistas e políticos do exterior, com as quais forrou as quatro paredes em volta, substituindo os recortes e as fotografias de vez em quando, à medida que se atualiza o noticiário ou ele se aborrece com um desses tipos.

Nem sempre se aborrece de cansaço ou monotonia por acompanhar a expressão imutável da figura, não. Algumas vezes é o próprio retratado quem pede para ser removido, entediado com a falta de movimento neste palco de tacanho entra e sai.

Jaqueline Kennedy já ocupou pelo menos cinco posições diferentes nas paredes, Herondy a muda de lugar tentando compensar a ociosidade destes dias iguais, Jaqueline habituada aos lenços de seda na cabeça, aos óculos escuros a bordo dos quais desfila pelos salões apinhados da Casa Branca e os chapéus redondinhos sem o que não vai nem até a esquina comprar pão. Apesar de Jackie insistir no contrário, ele não consegue se desvencilhar dela de uma vez, os vícios têm seus caprichos e os impõem a despeito de racionalidades.

Neste final de manhã em que Angústia chega, eles mal estão se cumprimentando, o preso e a viúva da América, Herondy enfezado, Jaqueline passa dos limites e abusa da boa vontade dele, faz chacota, exige companhia, água gelada, champanhe francês, contudo ele disfarça, dá as costas para ela e recebe a visita com o mesmo sorriso de poucos dentes e os braços estendidos para o prato e o que mais vier desta vez, agradado da cor do vestido contaminando, no carmim, o rosto descorado de Angústia. Ela se senta no banquinho de couro ao lado da cama, admirada por vê-lo deixar o prato aquecido em cima do colchão, toda vez apressado para desfazer o nó do pano e abrir a concha de louça, caso não tenha reconhecido pelo aroma o que tem lá, sempre de boa vista. Ele a encara e pede que traga balões da próxima vez. Ela repete "balão?" como se dissesse bomba, e ele, apertando as mãos dela com as duas mãos novamente estendidas repete "balões e de muitas cores", e aponta o canto da cela onde está o arsenal que vem montando para enchê-los de gás, o funil de alumínio, duas garrafas de plástico vazias, três litros de vinagre, o punhado de bicarbonato, papelão.

Angústia gosta do que vê, levanta-se do tamborete para se interar de perto, ameaça se agachar para enxergar melhor, tentando enfiar o vestido entre as pernas dobradas, não consegue, desiste e continua olhando de pé. Por mais que não compreenda como possa funcionar o minguado arsenal, ele é apresentado com alegria por Herondy, Angústia se alegra, assim, de curta alegria, com o que bota riso na boca do prisioneiro, a quem quer longo bem, admite em sossego.

Agora a vemos sair da cadeia de cabeça baixa, passando pela charrete sem subir, as passadas curtas em função do vestido justo nos joelhos, ela gosta assim, sente-se bem com este desconforto de passos, não pretende que as pernas a levem longe, está tão voltada para si, apesar do sol que tudo arde, consciente da dura missão a arquear-lhe os ombros, não é a qualquer balão que o prisioneiro se refere, ele sabe o que diz, conhece balões e diferencia a qualidade do plástico, a resistência da borracha, a espessura, Herondy foi baloeiro antes do crime.

    Dá-se conta da janela fechada, Hortência cadê, ela diminui ainda mais o passo, nem pensou em bater à porta, imagina, mas continua espiando a casa de porta e janela fechadas, imprensada entre o agente funerário e o vizinho da esquerda, Israel do Incêndio. Israel, debruçado na janela, enrola as pontas do bigode fino, quase um chinês, sopra a fumaça do cigarro de palha só para acompanhar os coelhos e a girafa esculpidos pela fumaça dessa vez, ela não tem porque perguntar por Hortência, não é de hábito se dirigir a pessoas na rua, porém hoje está vestindo vermelho, até batom na boca passou, não há pessoas na cidade, há conhecidos, pergunta, sem abrir a boca, projetando o queixo para a casa ao lado. Ele diz "saíram as duas, mãe e filha, fazia tempo que não assistia a essa cena", retomando a produção das estampas de fumaça, camelos esquipando em marcha lenta, uma peteca de penas acinzentadas, ela agradece com o menear da cabeça e volta à charrete, sobe com cuidado, senta e toma a rédea do cavalo nomeado Manoel por Chuta, em homenagem a um parente distante, de quem só escutou falar bem, tinha força, garbo, boa pernada, esse Manoel aparentado.

Na ausência de Chuta – ela o prefere moroso e plácido – Angústia agita a marcha de Manoel convocando-o com a rédea. O cavalo aprecia esse trote só os dois, livre do peso da patroa, quase sete arroubas, é quando consegue demonstrar que tem porte, ergue o lombo, levanta a cabeça, a crina escorrendo pela cara e o pescoço largo, as patas firmes iguais às dos soldados do tiro de guerra trotando na ponta da rua exato agora, todos eles machinhos, e as éguas da cidade?

Angústia não desce o chicote no costado marrom, o provoca com o toque do arreio e o sibilo de lábios. Ela se verga na direção do bicho para ficar mais próxima, alonga-se no sentido do pescoço dele, que ele a ouça e reconheça a parceria, estão a dois pela cidade, e as ruas, daqui a pouco vão ganhar a campina, a estrada de terra, quem sabe um galope no rumo de casa para espichar as patas, hein, Manoel? Manoel balança o rabo para um lado e outro, e da pelagem do rabo em movimento se arma um leque mais vigoroso do que os leques de seda da outra lá.

Ao passar em frente ao Flor de Buçanha – Angústia chama mesmo de dona Misericórdia, por uma questão de pudor – Manoel reduz o trote, como fazem os homens noivos e os casados ao abortar a velocidade na qual vêm em linha reta pela rua, desviando, abruptos, os passos para o lado, em um ângulo de noventa graus, e plaft, desembocam, estes moços e os senhores, no salão do cabaré onde não falta música de fundo, cerveja gelada e mulher disposta a rejuvenescer os mais velhos, amadurecer os mais novos, esguichando esperma e suor deles todos. Mas não há nenhum interesse da parte de Manoel pelo lugar, ele sequer vira o pescoço em direção à porta aberta, apenas fica ali na rua e aguarda, farejando éguas.

Se à frente do lupanar não está obedecendo à metafísica hormonal só possível entre machos, o cavalo responde ao comando de Angústia, com certeza interessada em observar como se anuncia o começo de tarde numa casa onde as mulheres receberam nomes mais aromáticos que o seu. Observa, dobra-se para o lado de lá e espia, espia, tentando ver.

Beneficiada pelo espalha-brasas do meio dia, quando quem pode se recolhe do sol – por aqui são muitos os que podem, ninguém com dinheiro a velar – ela vasculha bem, está à vontade, a charrete parada na rua quase deserta, Manoel agora balançando o rabo, não por entusiasmo, mas cavalheirismo, não há vento disponível nesta hora incendiada, Angústia uma chaleira de vapor, ele a ventarola.

A sala ensombreada pouco se revela. Angústia distingue apenas um par de pernas cruzadas balançando na mesa de centro, nuas, pés descalços, são pernas de mulher, não há dúvida. Emergindo das sombras lá de dentro, Alegria cruza a porta de saída, abre a sombrinha de tecido, de certo veio ver a mãe, Alegria não respeita a língua da cidade, nem mesmo ao pedido da mãe para não visitá-la no cabaré atende, entra e sai da casa quando quer, funcionária efetivada da Biblioteca Municipal, sim senhor.

Angústia não se permite ser flagrada em recreio, vira a cabeça, recolhe o corpo, "caminha, Manoel", sacoleja a rédea, o cavalo obedece, ávido para ganhar a estrada e escarvar o chão, logo mais o pasto livre do arreio, lá se vai a charrete levantando um pozinho de poeira das rodas de borracha e dos cascos de Manoel, Angústia maluca para chegar a casa, despir a roupa justa e tomar o banho. Dentro dele se lava dos desejos incautos soltos por toda parte, essa casa de zoada, Herondy dos balões, a imagem de São Lucas Evangelista, aos pés de quem se ajoelha e chora – nem diferencia mais qual a dor – sempre que o abade libera sua visita à capela do mosteiro, uma vez por ano, 18 de outubro.

Neste horário, quando apenas um ou outro aroma de panela ao fogo ainda sugere vida vertical – alguém se atrasou com os temperos do almoço – boa parte da cidade está deitada, na expectativa de driblar o calor, reencontrando a tarde apenas quando a fúria do sol estiver abrandada, isso demora a se dar, o sol insiste em ser inclemente por aqui.

A porta do bordel permanece aberta. Só é encostada para dormir no meio da noite. São portas que não se fecham: a do cabaré da Misericórdia, a da Igreja de Santa Margarida, o Porta Aberta do Eduardinho Bebê. Nunca se sabe quando um algodoense vai precisar de um trago, um cafuné de moça, o desembaraço da penitência, para essas coisas não há hora definida, nem mesmo desejo anunciado existe, por isso a passagem livre, o gargalo por onde escoar qualquer veneno.

Foi por essa porta que Pelópidas Blue, o Pepê do Olegário, entrou pelas mãos do pai aos primeiros anos da juventude, nem pinto nem ganso, o bigode ainda um risco, parcos pelos abaixo do umbigo, o pinto quase no ovo. Veio cedo mesmo porque em Campos Elíseos corria o disse-me-disse que o caçula de Olegário era mofino demais para o rojão dos moços, e valha-nos Deus, só faltava esse menino fazer companhia a Raimundo Parideira na função de servir de fêmea para os moleques taludos e os velhos indecentes, depois que os donos das bezerras e das ovelhas botavam todos para correr das quintas e do curral de porrete na mão, fosse dia, noite ou madrugada sem lua, as mais procuradas para as sem-vergonhices, impedindo esse incômodo aos animais, abrindo as porteiras para a serviência dos homens-dama.

Foram recebidos por Misericórdia a portas fechadas, naqueles tempos às vésperas de se aposentar, sentando-se à mesa do centro da sala os três, essa mesma de onde há pouco despencavam as pernas de Julinha, à vista de Angústia lá fora. Nessa mesa, à época, foi servido o bolo de fubá batido pelas meninas, todas juntas, para homenagear o novato, "sentiu o gostinho de xibiu?", Jovelina, mãe de Angústia, quis saber, cheirando o próprio dedo há pouco entre as pernas, quando o mocinho botou a fatia de bolo na boca, ainda sem mastigar.

Atento ao olho do pai que não desgrudava dele, analisando cada uma das suas expressões, Pepê esboçou a fisionomia mais exultante que conseguiu. Num desempenho de se tirar o chapéu, foi entornando copos de cerveja, avaliando a temperatura das coxas das mulheres por dentro dos vestidos, acompanhando a mão das meninas conduzindo-o pelo escuro das coxas cobertas pela metade, apalpando peitos atrás de camisas desabotoadas, cheirando cangotes perfumados para ele cheirar, atendendo aos pedidos de exibir a língua para o deguste coletivo, encantando a casa, demolindo um a um os temores do pai.

O pai, ao cruzar a soleira de volta ao final do dia, seguiu com a certeza de ter procriado um touro e não um alce, como sugeriam os adversários e os próprios receios.

Dentro do quarto, depois de escolher a mais novinha como docente, Pepê, em pé ao lado da cama onde a menina se sentara, não relutou em baixar as calças compridas para receber as preliminares, desnudando a virilha com desenvoltura surpreendente para a primeira vez. A menina, apenas um pouco mais velha do que ele, não disfarçou o prazer na execução do ofício, deixando evidente que, quando se encontra prazer no que faz, tem-se o privilégio de não trabalhar um único dia de uma vida o tempo todo em recreio, sabe-se. Segura, preparando-se para abocanhar a intimidade do filho de Olegário, prefeito de Campos Elíseos, a segunda cidade da região, Caduquinha – assim se chamava essa caçula de Misericórdia – teve a cabeça contida pelas mãos do rapaz, vindo a solicitar com gentileza e cortesia, quase meiguice: "Pode botar na boca, mas sem lambuzar, faz favor".

Caduquinha levantou a cabeça e olhou para ele com igual candura, voltou, e após engolir o excesso de saliva produzida pelo desejo, passou a língua pela razoável extensão do membro, agasalhando-o com os lábios apenas levemente umedecidos, recolhendo-o à boca, nunca com cerimônia, mas atenta aos cuidados de higiene sugeridos pelo rapazote. Talvez por ser apenas pouco mais que menina, a caçulinha de Misericórdia achou divertido esse modo zeloso de ter prazer, degustando o asseio. Desde a infância, este, que após engrossar o bigode e alongar as pernas – tornou-se um homem grande, o Pepê – viria a adotar o nome de Pelópidas Blue, bandeando-se para o lado dos políticos de Flor de Algodão, demonstrava o exagero asséptico que por pouco não o impede de seguir a carreira política, na qual o valor menos indicado para o sucesso é exatamente a assepsia.

Mas isso ocorreu há anos, quando ainda chovia por aqui. Se o sol sempre foi abrasador por cima dessas serras, cabeças, pastos, lombos e telhados, a água despencava em espessos gomos, umedecendo o ar, lavando o suor, dando de beber aos animais, tão diferente destes tempos rudes.

A charrete seguiu e a perdemos de vista.

No Largo da Matriz, uma barreira se ergue contra a claridade do dia. Acometido pela boca seca que não esperou o fim do dia para lubrificar, Cravo do Lírio D'Água, na casa dele, dentro do quarto onde está o piano, vai fechando as cortinas à frente do janelão de vidro, escurecendo o ambiente e antecipando a noite, de maneira a se excluir da tarde ainda ensolarada. Cerra primeiro a persiana emborrachada, depois o linho e o voal, até chegar ao chale, acompanhando o desenrolar da noite montando-se exclusiva, sob seu domínio.

Está à meia-luz, Cravo do Lírio D'água, este Deus das penumbras, ele se diz. Sozinho, no crepúsculo doméstico, abre a porta do bar de madeira onde está a garrafa do uísque – o uísque ele só se permite beber na ausência do sol – e se serve no copo mantido ao lado da garrafa sobre o guardanapo engomado por Beladona para isso mesmo, drinque assim escoteiro, gelo nenhum, um caubói do teclado, o teclado pelo qual, ainda de pé, movimenta os dedos para um lado e outro, apenas para constatar a facilidade que estes dedos têm de produzir beleza. Pensa em Hortência, certo de que encontrou o homem que vai tirá-la não apenas da janela, mas da cidade, é moça feita esta filha bonita a um passo de desocupar a região indefinida que ocupa, para que as outras três assumam o posto intransferível, com o direito garantido pela jurisprudência do que é correto e reconhecível à luz do dia.

Cravo do Lírio D'Água percorre as paredes do quarto com olhos de Deus e copo na mão. Faz isso devagar, ponto a ponto, se inteirando, constatando, se expandindo, até sorrir qualquer glória. Só então senta na banqueta e passa a executar as canções da terra, descendo às raízes que o sustentam, essa terra de onde só tira os pés para pequenas ausências, suficientes para lembrá-lo de que aqui estão fincados os seus pés, aqui devendo permanecer, subterrâneos, à linfa e barro.

São canções orgânicas as que se elevam da ponta dos dedos em contato com o teclado do piano nesta noite atravessada à tarde num quarto da casa número 1 do Largo da Matriz de Flor de Algodão, a antessala do fim do mundo, como considerou o engenheiro na primeira vez em que esteve aqui, injusto com o chão que o amparou, evitando que a ossada dele se confundisse com a fuselagem do teco-teco despedaçado, não fosse nossa boa vontade em acolher um e outro.

Canções orgânicas. Não há outro solo com o qual misturar este organismo.

Cravo irremediavelmente atado a nós, ao que fomos, somos, ao que nunca deixaremos de ser.

TIQUEI A DATA na folhinha do Sagrado Coração ensanguentado pelo meio da noite, na tentativa de precipitar o dia, tamanho o desejo de vê-lo amanhecer. Não deu resultado, as horas ignoram tudo o que não seja a passagem de minutos e segundos, e milésimos de segundos e os milionésimos deles, trancafiadas neste regimento de ponteiros, insensível a qualquer urgência que extrapole a técnica. Eu deveria estar familiarizado com essa rigidez – não optei pelas matemáticas? – porém me sentia disposto a demolir, tijolo por tijolo, as construções que se querem inexpugnáveis, na tentativa de libertar alguma espécie de organismo por acaso prisioneiro de um destes cômodos de cimento, ferro, lógica, e espaço nenhum.

Tive que esperar, e foi lento.

Entretanto, mesmo o tempo que se arrasta não está parado, acaba por passar. Quando não havia mais como testar minha paciência, o sol se levantou na outra ponta e foi distribuindo luz por tudo o que eu sabia estar submetido ao escuro, em meu campo de visão; debruçado na janela eu vinha acompanhando a sua inércia. A mata nada espessa, a estradinha de pedras, a trilha dando para o lado de lá, a capela, a casa na qual adivinhei morar a mãe de Deocleciano, tudo agora se animava ao sol, tudo acendia, atestando por fim a utilidade dele.

Ainda não seria hoje que a chuva despencaria sobre Flor de Algodão.

Ótimo. Eu estava solar, irradiando a disposição de quem desembarcasse de uma noite bem dormida, mas se tratava de outro alimento, eu amanhecia vasto, pulei o café e saí à manhã, integrado à juventude do dia.

Peguei a estrada pela esquerda, ao contrário do caminho que leva à cidade, como Deocleciano me orientara. Fazendo de conta que não o vi acompanhando-me pela janela alta do mosteiro entre os panos do cortinado, segui arrodeando as montanhas, olhando de vez em quando para elas até ultrapassá-las, começando a me distanciar de cada uma, o motor da motocicleta silenciando os bichos pouco acostumados a essas interrupções do cotidiano.

Otto fazia parte de um grupo de motoqueiros que a cada dois meses se reunia para alguma viagem em grupo. Acompanhei-o um domingo no lugar de Samanta. Ela havia ido da vez anterior, mas não se divertira no programa coletivo, os horários mais ou menos rígidos, as escolhas partilhadas, "não tenho vocação para o escotismo", disse, de volta ao apartamento, enquanto tirava a jaqueta de couro e a jogava no sofá, seguindo para o banho. Otto me falou, no momento em que brindávamos com um chope o programa, que, se fizessem um mix de mim e Samanta, teríamos o indivíduo ideal, tornando sólido o eixo do corpo, o coração da máquina. No coração, minha irmã executaria a sístole e eu a diástole, ela contraindo e eu relaxando o músculo, alcançando assim a excelência de funcionamento.

"Então não seríamos organismo, mas mistura, um organismo é por definição uno, somos prisioneiros da impressão digital", argumentei, meio de riso, meio de sério, acrescentando, empolado, "solidez e musculatura não convivem bem, seria melhor falar em flexibilidade", e seguimos com essas reflexões de boteco, que não tinham outro propósito a não ser matizar o tempo consumido na companhia um do outro, quando não a três.

Talvez não fossem apenas reflexões de boteco, eu precisava adquirir alguma individuação, desvencilhando-me, por mais que me custasse a calma, dos delírios. As imagens agora, uma vez urdidas, desintegravam-se com velocidade crescente, tornando-se mais e mais difícil projetá-las a partir do vazio.

A motocicleta também trepidava nas ondulações da estrada. Isso era desconfortável, porém a delícia de estarmos apenas os dois, eu e a moto, me fazia cogitar, de quando em quando, não entrar na estradinha ao final do arrozal, como orientara Deocleciano, e seguir em frente, revezando a sensação de amplitude que a estrada livre da muralha de montanhas proporcionava e a sensação de que toda aquela amplidão convergia para um túnel afunilando aos poucos em torno de mim, à medida que aumentava o prazer de estar só, correndo ao encontro de alguma coisa que bem poderia ser eu mesmo.

Ao contrário, circundei o arrozal ressequido pelo estio, chegando à estrada derivada da rodagem, ocupando uma das bitolas, por onde segui até o algodoal do outro lado, também ressentido da falta de chuva, agora pilotando pelo meio da plantação, o silêncio externo interrompido pelo barulho do motor. Aqui dentro do capacete não mais a tirania dos pensamentos viciados, mas a barulheira do desejo, todo o ímpeto, Hortência logo mais.

Avistei primeiro o portão fechado, depois da curva ao final do areal imediato à estrada de terra, levando à chácara, ao sítio, ainda não sabia com exatidão. Sítio, concluí, ao descer da motocicleta para abrir o portãozinho torto, deparando-me com outra plantação de algodão, o laranjal à esquerda, o cajueiro sem caju, um limoeiro, cuja copa era delimitada por folhas verdes de um lado e secas do outro, demarcada mesmo, como se tivessem traçado uma linha divisória lá em cima, dois pés de manga e as sombras deles, uma pinguela sobre o riacho sem água. Adiante, ao lado da casa pintada de amarelo, o pé de seriguela, como nunca vi igual, pipocado das frutas matizadas entre o amarelo e o vermelho, passando pelo alaranjado, estufadas, no ponto de chupar, o primeiro pensamento que me ocorreu frente ao painel descortinado após a curva de areia, um corpo a corpo entre mim e a concretude do dia.

Voltei para a motocicleta, liguei o motor, ainda constrangido por ferir o silêncio da manhã, e fui terminando de chegar, acelerando o mínimo possível, na tentativa de reduzir o ruído, agora os perus gorgolejando à passagem, galinhas d'angola saracoteando para um lado e outro, dois cachorros mal-humorados cercando a moto e correndo junto, um frango de pescoço pelado quase atropelado por eu não percebê-lo no caminho, os olhos dirigidos à porta e às duas janelas abertas da casa onde não se enxergava ninguém.

Parei e desci, tentando ignorar a saudação nada gentil dos cachorros. Gritei um "oi de casa" que escapava de minha boca pela primeira vez.

Juliana saiu lá de dentro, aparecendo na porta de vassoura na mão. Sem demonstrar espanto estacou, cruzou as mãos no cabo da vassoura, descansou o queixo e me encarou, lá mesmo da soleira, como se fosse eu o cenário a ser apreciado.

Ficamos assim, olhando um para o outro, um tempo com certeza curto, longo o bastante para me deixar inquieto.

– Espero não estar atrapalhando – falei o que aprendi a dizer nessas ocasiões.

– Bom dia, engenheiro, acabe de chegar.

Ela não desgrudou o queixo da vassoura, quebrando as palavras mal articuladas contra o cabo de madeira. Continuar me observando se mostrava mais apropriado do que falar comigo.

Caminhei ao seu encontro, acompanhado pelas galinhas d'angola, mais simpáticas do que os dois cachorros agora postados ao lado dela.

– Escolha uma para o almoço – apontou as guinés em bando ali perto, 'tô fraco, tô fraco', e prosseguiu, ignorando meu mutismo, "preparo no leite de coco que eu mesma quebro", veio devagar ao terracinho de cimento.

Dei-me conta de nossas diferenças, continuo estrangeiro, não conseguiria comer a ave que eu mesmo escolhi para o abate, não disse nada, segui em direção a casa.

Subi o terraço, estendendo a mão. Ela continuou segurando a vassoura com a mão esquerda. Com a outra, apertou a minha, recebendo-a inteira em sua mão. Senti-me acolhido, de alguma forma largo. Olhei para dentro da casa, varando a porta e as janelas abertas, a luz de fora iluminando dentro de lá.

Juliana percebeu minha inquietação e se virou para trás, talvez para conferir a trajetória do meu olho, e o meu olho viu, a partir do corredor que sucedia a sala, a silhueta de Hortência movimentando-se para cá, as alças do vestido desnudando o colo, o vestido logo acima do joelho, os pés descalços, o cabelo solto pela cintura e o sorriso calmo que, para ver de perto, valia a pane do avião, as ameaças veladas do seu Cravo, a trepidação da estrada, a buchada de bode, o calor de rachar, a tentativa de incinerar os detritos da convivência com Samanta.

Procurei a mancha em seu pescoço, não havia nada lá.

– Você veio – ela disse mesmo assim, ela disse você veio, revelando a espera.

– Não podia estar em nenhum outro lugar – falei, sem controle sobre o que dizia, mas também sem pudor, e acrescentei Hortência, maturando a palavra, Hortência, Hortência, ao ponto de fazê-la flutuar na boca, percebendo, enquanto dizia, que quanto mais o seu nome escapulia fora mais aterrava dentro, uma coisa esquisita de se conceber.

Ao dizer seu nome pela quarta vez, ela parou e me olhou inteiro, encarou-me com o olho que eu não conhecia de tão ele, me deixando sem saber se me recebia todo ou zombava de mim.

Não zombava, acolhia-me, estendeu a mão, fui beijar seu rosto, ela recuou sem rudeza, talvez cuidado, permanecendo com a mão atada à minha.

– Primeiro querer bem, para depois se apegar – conduziu-me para dentro da casa.

Juliana nos acompanhou. Chegamos à cozinha, a mesa posta para o café, toalha e guardanapos de pano, três lugares. Sentamos, eu e Hortência, "temi que não viesse", ela estendeu o braço sobre a mesa em minha direção, enquanto Juliana levava a frigideira ao fogo e espalhava a massa do beiju.

Comemos juntos os três. Ao contrário da outra vez, eu me mantinha calmo, de uma inesperada serenidade, portanto foi com outros olhos que agora via Juliana, e mesmo Hortência ao seu lado. Ao percorrer o olhar entre o rosto da mãe e o da filha percebi, em ambos, a mansidão de um mar revolto que se apaziguou. Ou a solenidade rural. Juliana campesina, Hortência o próprio campo. A parecença entre elas não se manifestava nos traços físicos, realmente distintos, de uma rudeza de sol o rosto da mãe, lunar a filha, mas de alguma semelhança precipitada na menina do olho, a pupila imperceptível na visão global, de incômoda ausência se não a vemos lá. Na menina do olho de Juliana brinquedos largados pelo chão, abandonados talvez, esquecidos, mas presentes. No quarto de brinquedos de Hortência os objetos se moviam devagar, tecidos despencavam do teto formando cortinas em camadas de transparências e cores, uma caixinha de música não parava de tocar a melodia mais distante, sendo ela a bailarina a rodar, em movimentos lentos, muito lentos, não por inércia, mas para sequer trincar a manhã.

Fizemos silêncio, e foi fundo e calmo.

Permanecemos muito tempo entre nós, a manhã varejando sem pressa. Senti-me amparado pela fragilidade de uma e outra. Não a fragilidade aparente: Juliana é sol de meio dia e Hortência guarda fuzis de caça em caixa de porcelana, mas a delicadeza escondida na menina do olho de cada uma. Devem se sentir solitárias em um mundo onde há pouca gente fertilizando silêncios. Muitas vezes, enquanto tento ocupar-me do meu mundo frágil que até uma brisa mais forte consegue deslocar, sou atropelado por habitantes de mundos resistentes à mais devastadora ventania. Aqui, um encontro tribal à roda do fogo, ardemos à mesa numa combustão suave.

Falamos pouco de cada um de nós. Não nos referimos ao tempo, às coisas do sitio, à vida da cidade, à janela ou engenharias, comunicando-nos mais pelo espaço entre as palavras do que pelo que as palavras tentam dizer.

E nos olhávamos, olhávamos, numa curiosidade bailarina.

De repente eu sabia o que fazer. Todos sabíamos. Levantei-me. Elas se levantaram também.

Caminhamos até a porta.

No terraço, cheguei próximo à Hortência, alinhei-me a ela, aproximei-me um pouco mais, disse que ia, mas voltaria para ficar. Para ficar. Ela aquiesceu, esperando que eu dissesse exato isso, e deslizou a palma da mão por uma banda do meu rosto.

Nada soou extraordinário. Tudo pareceu rigoroso. O presente inviolável, como ele deve ser.

Desci o degrau do terraço.

Os cachorros que me hostilizaram na chegada descansavam ao pé de Juliana. As guinés não seriam mortas, ciscavam cavoucando a terra.

Subi na motocicleta, voltando-me para as mulheres, elas acenaram de lá.

Depois do areal tomei a bitola, agora do lado oposto à que peguei na vinda, segui pilotando, integrado à motocicleta, à estrada e ao que estava em minha linha de visão. Apenas a isto, ao que via, ao que precisava ultrapassar, o contato das extremidades do corpo com os fragmentos da máquina, o barulho do motor, a plantação ressequida, o céu escorreito, só. Peça de um mecanismo avesso a especulações ou fuga de pensamentos.

No cruzamento do areal com a rodagem, virei à direita na direção de Flor de Algodão, diminuí a marcha para fugir da poeira levantada pelo ônibus que me ultrapassou, e tão logo baixou a nuvem de terra vi, caminhando à margem da estrada, as duas garotas. Embora de costas, não tive dificuldade de reconhecer: Azaleia e a menina que cuida dela seguiam em direção à cidade, assoprando, uma na outra, bolhas de sabão, aproximando-se e se afastando, alheias a tudo que não fosse isso.

Parei a moto, as duas se voltaram para cá, a menina que cuida de Azaleia pareceu se assustar, fez menção de puxar a outra, contudo Azaleia se desvencilhou da sua mão e veio ao meu encontro. A mais velha saiu correndo atrás do ônibus, olhando de vez em quando para trás sem parar de correr, a ponto de largar um pé da sandália na estrada.

Azaleia, chegando cada vez mais perto, aproximou o canudo de plástico, começou a sorrir e a soprar as bolhas coloridas no meu rosto, discos cristalinos se movimentando em todas as direções refratando os feixes da luz, arrancando-me da realidade na qual, minutos atrás, eu me sentia finalmente inserido.

AZALEIA NÃO nasceu essa flor. Quando a recebeu dos braços de Cordeiro de Deus, enrolada no cueiro e higienizada por Cacimira, quase centenária, a primeira palavra que veio à boca de Cravo foi Calêndula, a profusão de letras C no teatro do parto – Cordeiro, Cravo, Cacimira, – a pele de pêssego da menina tecendo o veludo nada amarrotado, nenhum sinal do engelhado próprio dos recém-nascidos no rosto da criança, a mesma tessitura da flor.

Ele a elevou nos braços, conduzindo-a ao alpendre da casa, apresentou-lhe a cidade e riu o riso dos proprietários, um farol de Alexandria girando para todos os lados, tudo isto é seu. Gérbera, que não interferia nas travessuras botânicas do marido, desta vez manifestou-se, temerosa, de dentro dos lençóis sujos: "Tem quem vai chamar a caçula de Calêndula-das-Boticas, inventar machucados para a menina espalhar o emplastro sobre eles, galhofar da pequena, essa flor é remédio, isso não é bom, eu já vi, eu sei como é".

Sem tirar os olhos da filha, ainda erguida à cumeeira da casa, Cravo insistiu, "Afrouxa o espartilho da ignorância, mulher", de novo riu e girou a menina, como quem desembainha uma espada e eleva a oferenda ao Deus, pedindo que acolha a dádiva, a aceite, em simbolismo de ofertório apenas, a menina é sua, é daqui, e a trouxe de volta a terra, pressionando-a contra o peito sem camisa, pele a pele.

Porém, quando Gérbera o informou, quase ao pé do ouvido, que calêndulas murcham à noite, recolhem-se e abandonam-se no escuro, retornando à vida apenas na manhã seguinte, e se há luz do sol, o pai, deslumbrado com a criança sem dúvida encantadora, temeu por esse recolhimento da existência e acedeu.

Azaleia foi a segunda palavra a lhe ocorrer, a partir daí. A primeira foi Buganvília, elegante neste polissílabo cerimonioso, palavra assim azul, em função dos dois is na sequência das sílabas finais. Entretanto, o vermelho vivo da outra flor que neste momento se via da janela do quarto – a azaleia anunciando-se, como quem diz estou aqui – o remeteu às bochechas coradas da filha, chamando atenção para a quantidade de A na palavra *azaleia*, tornando-a clara e fresca, arejada e discreta, em contraponto com a expressividade da cor.

A dualidade o convenceu. Esta filha, raspa do tacho conjugal, iria conciliar a têmpera vibrante da mais velha, Rosa Morena, à transparência por vezes inexpressiva da segunda. A transparência por vezes inexpressiva de Tulipa não a desqualifica em momento algum; há circunstâncias nessa vida sempre de lupa na mão em que tudo o que se deseja é nos tornarmos transparentes, a menina sabe, o pai não desconhece, a mãe não se importa, ninguém exige o contrário.

"Será Azaleia, e sem acento no 'e', para que em cima dela assentem apenas as gentilezas de Deus".

Com esse acordo atendia-se à demanda de todos os sinais.

Pensamentos assim disparatados e atentos a simbolismos são relâmpagos ameaçando o céu de brigadeiro plácido em que se transformou a cabeça deste homem Cravo do Lírio D'Água desde que se perdeu da infância, onde também esteve, nós o vimos lá.

O menino Cravo – agora são nove anos, meio de tarde – debruça-se sobre as teclas do piano na grande sala da fazenda dos avós tentando captar com o bico dos dedos a nota musical que o vem perseguindo desde a madrugada na cama. Dentro de sua cabeça, no miolo da mente – talvez pelos interstícios do corpo – essa nota se projeta vibrante, num aceno que ao mesmo tempo mobiliza e perturba, por não conseguir atingi-la plenamente, a nota permitindo só que a bordeie, incitando-o a acossar a melodia, correr atrás do tom até enlaçá-lo e o derrubar no chão, para depois erguê-lo ao mais alto, viril, os dois juntos, a nota íntegra escorrendo da cabeça para os ouvidos, induzida pela ponta dos dedos, enfim material.

Ele insiste. Caso consiga alcançá-la, a conquista provocará o arrepio que apenas em fricção de corpos outros conseguem atingir; os que não ouvem estes chamados pungentes, cortantes e fatais.

É tamanho o ímpeto do menino vergado sobre o instrumento massacrando as teclas, que a avó, Margarida, abandona o bolo sovado na varanda à frente cercada pelas criadas e chegando ao lado dele descansa a mão em sua testa esfogueada, como para medir a febre de quem se debate. E quando diz "Ouviste o chocalho da égua bater, mas não sabes onde", o menino, desvelado, compreende o poema que vinha lendo, sem ter como alcançá-lo até ali, ou com quem dividir a experiência. Encerra a busca, fecha o piano num baque surdo e repete o poeta português, apenas para traduzi-lo com a voz vacilante: "Mestre, por que me ensinaste a clareza da vista, se não podias me ensinar a ter a alma com que a ver clara?!".

Levanta-se da cadeira, está doído o garoto. Atingido, não nos punhos ou nos dedos da mão, na coluna mal posicionada diante do piano, nada disso, o pequeno é sadio, a coluna felina. Está atingido é na alma, no gruguminho do espírito, na medula da existência, periga desmoronar. A alma, contemplada e não auferida, o transforma de caçador em caça, armando um bote ao contrário, e agora o persegue. No meio da tarde de setembro, a um passo do corredor que o levaria ao quintal da casa, onde, à sombra da jabuticabeira, largou as partituras rascunhadas, a alma finalmente o abate com um golpe definitivo e se exclui.

Vendo-o perambular sem espírito, feito as penas de pato sopradas pelo vento quando Noca as quarava ao tempo, o avô, Eleutério Caetano do Lírio D'Água, pôde alvejá-lo no flanco descoberto, sem dificuldade, materializando o golpe espectral – como o menino tentara fazer com o acorde não alcançado – e, levando-o a subir na garupa do cavalo amarrado à frente da casa, galopa com ele até aqui, instaurando a parceria, preservando o prognóstico familiar.

No salão paroquial da Igreja de Santa Margarida está acontecendo a primeira reunião do novo partido político da comarca. Eleutério tira o chapéu da cabeça e o coloca na cabeça do menino, fazendo graça com a falta de tutano necessário para acomodar a circunferência da palha, "questão de tempo", está certo disso, arrodeia com o dedo toda a extensão da cabeça do garoto, voltando a brincar com ele, aperta-lhe o nariz, o queixo, os ossos dos ombros, que todos os vejam, somos nós, meu neto, somos nós. Oferece a cadeira ao lado da sua, passando, ele mesmo, o pano no assento para limpar o pó, sem deixar de dirigir sua atenção a Cravo cada vez que ergue a voz e estica a língua para lambiscar as conquistas todas por vir ao encontro deles. "Nosso!", pontua, abrindo os braços, encarando o neto, estendendo-se aos demais.

Cravo tira o chapéu ainda desequilibrado na cabeça e se levanta, parecendo que sairia em carreira para as estripulias da idade, entretanto, saúda o avô dali mesmo de onde está, disponível, destinatário, contaminado pelo entusiasmo dos Lírio D'Água.

É o tiro de misericórdia no menino agonizante.

Foram alguns anos sem sentar ao piano, às voltas com os vereditos do dia a dia, os preparativos para o cargo, depois os porfazeres todos, eles são muitos e exigentes, o olho do dono é quem engorda o gado, e gado é o que não falta nesse curral de gente, do qual, com a morte do avô e do pai, se tornou proprietário.

Aos poucos, porém, a nota musical, não aquela, mas outra de emergência igual deu de provocá-lo, intrometendo-se nos arbítrios diários, onde não há mágica, arrodeando e pedindo passagem, empurrando, reivindicando, exigindo até. Inicialmente brisa de fim de tarde, depois vento assanhado de chuva, a seguir pé de vento em redemoinho, até retomar o açoite, obrigando-o a tirar o chapéu da cabeça caso não o queira levado pela ventania, e se sentar ao piano abandonado no quarto que ocupava praticamente sozinho.

Ele ouve o chamado e vez em quando segue, persegue o calafrio para intrometer-se nele, perder-se, talvez se desintegrar, da maneira como combatentes desorientados na noite procuram identificar ruídos para se guiar, mesmo que fora do alcance da vista. É quando abandona o leme e se senta ao piano, serve-se do uísque, sempre em crepúsculos de Deus ou noitezinhas artificiais, tomado por uma nostalgia destituída de elementos tangíveis – o cotidiano não lhe dá motivo para evocações melancólicas – verga-se sobre o teclado, na tentativa de despertar as notas musicais, arrancando delas os acordes postulados por algum espírito resistente ao propósito familiar e às próprias circunstâncias.

 É de uma tristeza funda essa felicidade, mas é feliz. Se calha de chover nesses momentos e os pingos burburinham na janela encoberta pelas cortinas, Cravo percebe a água descer às raízes sob os seus pés, invadindo-as até inundá-las, raízes ainda mais fundas do que a genética que os Lírio D'Água pode impingir, tornando-o, por momentos, único, coeso e livre, e como é bom!

 Tudo tão transitório. Nestes tempos aqui, em que a calcinação dos dias abateu-se sobre nós, Cravo sai ao terraço da casa número 1 com a correspondência na mão, é dia seco.

 Recebeu da capital o relatório completo, lê pela terceira ou quarta vez, o terraço também abafado, não venta nessa merda, ele chama Gérbera com um grito que não é dele, ela vem, ele lê para que ela ouça, não lê alto, que isso não se grita, mas aqui estão informando que o homem escolhido para tirar a moça da janela – Cravo diz "a moça" quando, na presença de Gérbera, se refere à Hortência – o homem que ele escolheu para resguardar as meninas dos percalços da sua juventude é um lunático que escapuliu do hospício, delirante é o que ele é, demente, endiabrado, mentecapto, e entrega o papel para a esposa, como se não estivesse bastante claro o que – de melhor leitura do que a mulher – acabara de ler para ela.

AZALEIA E as bolhas de sabão, nada mais tangível. A realidade impôs-se outra vez. Comecei a soprar as bolhas com suavidade, acompanhando o trajeto delas até vê-las se desmanchar à revelia das nossas intenções, as minhas e as da menina.
Samanta foi uma bolha de sabão levada pelo vento, desapareceu. Nunca mais a veria, Samanta não cintila mais, não está aqui, desintegrou, se liquefez, a sina inevitável dessas frágeis moléculas associadas para produzir beleza, e tão efêmera.
Quando Samanta mergulhou no mar naquele dia, ao meu lado, me mantive espectador, acompanhando-a com os olhos displicentes, a água fria do fim de tarde, não me ocorreu mergulhar, não me aconteceu nada de extravagante, fiquei ali, do modo como um pai se divide entre o objeto da atenção e o cenário ao redor.

Levei tempo para perceber que ela demorava a voltar à tona. Um tempo longo para quem se comprazia com sua presença ao alcance dos olhos desde sempre. Um tempo muito longo para alcançá-la quando por fim mergulhei, debatendo-me, ao perceber que se passara tempo demais para alguém se manter sem oxigênio; mesmo Samanta, sobrevivente dos nossos olhos cravados em sua desconcertante agilidade de existir.

O que eu não sabia, o que nós não sabíamos, nossa família devastada pela sua morte, era que Samanta, embora a mais esférica, a mais luminosa de todas, não passava de molécula na frágil estrutura das bolhas de sabão.

Seu corpo foi encontrado por mergulhadores no dia seguinte, e apenas meu pai testemunhou a aberração na qual o corpinho dela se transformou, ao reconhecê-lo, estendido na areia da praia, de onde ele não se ausentara desde a véspera, agora convocado às providências legais, e já neste termo "as providências legais" o primeiro indicativo de que, se eu não me movimentasse, a concretude despencaria sobre nós, congelando a infância de minha irmã, transformando-a eternamente em menina, como seria lembrada por quem tomasse conhecimento de sua miséria, esta sim, orgânica, oposta à realidade desleal abatendo-a, tentando abatê-la, decidida a nos abater.

Ou seria reduzida àquela anomalia intumescida e lilás, objeto da piedade de todos que viessem se referir ao caso, quer para lamentá-lo sinceramente, quer por temê-lo entre as quatro paredes de seus domicílios, quer para demonstrar cumplicidade a uma dor que, de tão nossa, dispensava misericórdias, por se tratar de tentativa inútil.

Eu não podia admitir que o futuro reservado para minha irmã fosse o dessa eterna meninice, retratos espalhados pela casa, odalisca na matinê do clube, a porteira aberta em sua boca depois da queda dos primeiros dentes, polaroides por toda parte, a ceifa prematura, enfim.

E tão equivocado ele, o destino, que arremeteu contra Samanta em pleno mar, a única água salgada das nossas nascentes, nós, que não tínhamos o hábito deste sal líquido, vários os riachos da infância partilhada, ribeirões, açudes ou mesmo rio de volumosa água, mas sempre a água doce e salobra, justa para o banho do corpo e as evocações do útero de nossa mãe.

Se não teve jurisprudência sobre seu comportamento, seria eu a me imbuir da função atribuída ao destino, restabelecendo a ordem natural contra a qual, e por um equívoco imperdoável, ele arremessara. E o faria por ela e por mim. Por ela, pelo motivo mais óbvio: nada deve ser colhido antes da madureza, sob pena de se subverter o sabor, inalcançada a exuberância do fruto, desqualificando as essências dele. Por mim, para evitar a frustração do futuro reservado para ela, grossas raízes aflorando a terra, visíveis por todos nós, louvadas muitas vezes, rechaçadas outras, reconhecíveis sempre.

Considera-se dor fantasma a dor de um membro que, extirpado, não existe mais e ainda assim parece doer, e dói. Eu restituiria o membro correspondente à dor, para afugentar fantasmas entre nós dois, somos tão vivos eu e ela, no seu corpo íntegro a memória da infância ainda ontem, quem não se lembra, quem é capaz de admitir a incapacidade de sofrer? Quem, no mais íntimo do seu individualismo, não desejaria organizar tudo? Manifeste-se aquele que nunca desejou passar de criatura a criador, corrompendo a ordem vertical inflexível, de quantas mortes se alimenta a vida para sobreviver e se manter imortal?

Decidi que Samanta continuaria ao meu lado, sustando o tempo cronológico no momento em que ela se desvencilhou de mim, se lançou, mergulhou e desapareceu dos meus olhos, na segunda vez em que, juntos, estivemos no mar.

Sobrevivi à difteria adquirida na infância, diagnosticada na sede campestre do clube onde meus pais iam colher jabuticaba nos finais de semana. O menino de seu Alberto Lourival sobreviveu a um capotamento na estrada, apesar de ter sido desenganado pelos médicos tão logo deu entrada no Pronto Socorro Municipal. Até Jonas foi regurgitado pela baleia que o engoliu, tornando à vida; por que Samanta não resistiria ao repuxo das ondas nada violentas naquele fim de tarde?

Por isso não pude aparecer na capela onde ela estava sendo velada, me neguei a ir. Não era Samanta quem se asfixiava num caixão empapuçado de flor se um corpo físico não pode ocupar dois lugares ao mesmo tempo, e naquele momento, estávamos dentro do quarto partilhado em nossa infância mais antiga, o tempo retrocedera ainda mais, soprávamos um no outro os confetes coloridos, restos do último carnaval, fabricando neve, porque eu e Samanta amávamos a neve. Nem por todo o destempero sádico do destino eu deixaria de estar com ela quando, aos quinze anos, em vez da festa de debutantes no clube, ela optou pela viagem à Suíça, no inverno, escolhendo-me para desembarcar ao seu lado em San Moritz, e nos enfiamos nas jaquetas, botas, capacetes, óculos, afundamos os pés no tapete branco e gelado e subimos nos esquis, enquanto caía neve por toda parte, precipitando-nos montanha abaixo, empunhando os bastões, um ao lado do outro, até nos estatelarmos em arbustos inesperados, nos acabando de rir, rolando ainda, a despeito do corpo machucado pelos incidentes da descida, inexperientes os esquiadores besuntados de neve.

Azaleia não me excluía da brincadeira, a produção das bolhas de sabão rarefazendo-se. Não espocavam mais em profusão de bolhas, estufadas ou em grupos, mas ela continuava soprando-as em minha direção, me convocando a assoprá-las também, fazendo que as bolhinhas, nessa divergência de fôlegos, rebolassem à nossa frente até estourar ou desaparecer, ou simular desaparecimento, neutralizadas pela potência do sol tornando-as diáfanas ou invisíveis. Como acontecera, decerto, com Samanta, como só podia ter acontecido com ela: diáfana, através, fugitiva, quem sabe.

Acontece que toda substância diáfana permite a passagem da luz em sua transparência, sendo para essa qualidade de existir que meu juízo, no epicentro de sua lucidez, encaminhou minha irmã; para que eu não enlouquecesse, nossos pais suficientemente fora de si, a casa demolida.

Quando disse para o meu pai que Samanta continuava viva, parássemos de nos arrastar pela casa e abríssemos todas as janelas; quando garanti, com certa displicência de gesto, a tarde se arrastando no corredor onde estávamos os dois, ele identificou a austeridade das minhas palavras, sem considerar subjetividades ou arremedos de consolo, de fato inexistentes, estacando diante de mim, olhando-me com uma cara capaz de me implodir mesmo se eu fosse construído de cimento armado. Reunindo todo o desamparo, a dor, o próprio ódio de que foi capaz, prensou meus dois braços, apertou-os mais, e berrou, quase cuspindo em minha cara, a saliva tremelicando entre um lábio e outro: "Mete nessa cabeça imbecil que tua irmã não existe mais, e agora somos só nós três".

E como desabasse num choro convulsivo para o qual não havia precedente e nunca viria a se repetir enquanto estive com ele, e como se vergasse diante de mim, baixando a cabeça em direção ao chão da sala sem desprender as mãos dos meus braços, ao contrário, apertando-os cada vez mais, eu não disse qualquer palavra nem me furtei ao abraço que se seguiu, com o qual, mais do que demonstrar algum tipo de afeto, ele parecia querer arrebentar todos os ossos que, em meu corpo verde de juventude, conseguiu abarcar com o seu desespero.

Tão contundente tudo, não houve como não admitir: Samanta está morta, isto é real, Samanta não retornou do mergulho no mar, o tempo não estanca nem regressa, é uma linha ascendente sem espaço para ziguezagues mentais ou delírios retroativos. Não iremos ver a neve em lugar algum onde haja neve, não haverá viagens em volta da Terra, esqui, montanhas de gelo, nem quinze anos haverá, escolhas, Suíça, Otto nem nada, pobres de nós habitantes deste pedaço de mundo no qual o eterno verão conclama apenas aos banhos de sol e aos banhos de mar.

Foi quando se montou a segunda e definitiva tentativa de subverter o real.

Samanta está morta, mas a ressuscitarei. Se era assim que meu pai queria, assim seria feito. Não haveria necessidade de ressuscitá-la caso ele não tivesse me convencido de que ela morrera, mete nessa cabeça imbecil.

Pois a ressuscitarei.

Para que ela se cumpra. Para que viva, e para que eu sobreviva a esta terrível notícia anunciada por papai. Se o destino não conhece a lógica das evoluções e a necessidade de se alcançar os resultados, atribuí-me o dever de corrigi-lo. Decidi ser engenheiro, assumir as matemáticas, onde a crueza dos cálculos não admite as subjetividades e metafísicas tão caras à leviandade do destino e à minha própria insurreição. Além do mais, se Samanta não retornasse daquele mergulho, eu não teria como justificar minha apatia diante de sua demora em emergir, como se considerasse natural tamanho fôlego, como se admitisse a deglutição do seu corpo pelas águas, quem sabe o desejasse, talvez o precipitei, ou como se desconhecesse por completo os arbítrios do mar.

Se Samanta não emergisse do mergulho, não teria conhecido Otto nem tomado conhecimento das lembranças que ele, adulto, guardava, de vê-la descer do carro do nosso pai nas manhãs que coincidiam com a chegada dele no colégio, o primário, a expectativa de vê-la passar, mesmo que a distância, "Porque sua irmã, apesar de esmiuçar todos os cantos ao redor, não fixava os olhos em lugar nenhum. Se alguma vez percebeu a minha presença, guardou para ela ou enfiou na sacola onde metia os papéis dos Sonhos de Valsa depois de comê-los na porta do colégio. Esses papéis, ela às vezes esticava entre os dedos da mão e soprava, enquanto esperava seu pai vir buscá-la ao final da aula, caminhando para um lado e outro da calçada, às vezes em passos de dança, como quem se embala com uma canção inaudível para os outros, mas vibrante em seus ouvidos. Eu, embora menino, encantado pela primeira vez".

Samanta, que dos doces preferia pirulito de framboesa, era apaixonada por Sonho de Valsa, um pouco pelo nome, outro tanto pela transparência vermelha do papel, "cortininha do doce", só mais tarde pelo sabor do chocolate recheado com o amendoim, cuja polpa ela inventava de fazer em casa, enquanto nossa mãe preparava a massa de bolo de chocolate com morango às sextas-feiras, a musse de maracujá, aborrecendo-se por não conseguir chegar ao gosto mesmo do bombom, amuando-se num canto da cozinha, esperando que eu a visse, que fosse tirá-la, que inventasse alguma brincadeira para entreter o tédio, ela gosta que faça festa no cabelo dela, eu fazia festa com sinfônica e bailarinos, foi Samanta quem me deu o senso do absurdo.

Agora não se formavam bolhas de sabão, embora Azaleia insistisse em soprar no canudo. Seu rosto esfogueado de sol mimetizara uma dessas bolhinhas e reluzia diante de mim, salpicado de suor. Enquanto tentava despertar alguma bolha incrustada no canudo meio amassado, tirava a franja da testa, soprava em direção ao nariz, soprava de novo, jogando o cabelo para trás, na tentativa de driblar o calor.

Agachei-me e, à altura dela, abracei Azaleia de corpo inteiro. O corpinho miúdo de Azaleia, também ele em processo, também ele promessa de flor. Ela deixou cair o canudo e a vasilha, abraçando-me com a entrega de quem se sabe acolhida.

Eu a apertei, percebendo que ali, na miudeza da sua idade, Azaleia existia plenamente, semente e flora da mesma erva, sem passado, sem futuro, agora. Toda ela palpitava em meus braços, não havendo mensuração para este frêmito de existir. Ali, nada se media em dias, meses, anos, mas em substância. Não havia tempo de colheita, tudo ao mesmo tempo semeadura e apanha. O que chamamos de existência não se dá em estado ascendente, mas se confirma a todos os momentos em sua horizontalidade. Samanta, portanto, teve vida plena. Minha tentativa de imortalizá-la diz mais respeito a mim do que a ela ou à leviandade do destino; algo assim insinuou-se ao meu encontro, sem, contudo, adquirir natureza tangível e permanecer.

Apaziguei-me ou tentei me apaziguar, abraçado meio sem jeito ao corpinho suado de Azaleia, como fosse ela, isso sim, o porto seguro onde eu, náufrago, de incontáveis braçadas no mar, finalmente ancorasse.

FALA-SE DE Flor de Algodão como se por aqui estivéssemos em constante florada. Não é bem assim. Já atravessamos tempos estéreis, nos quais o solo não frutifica as sementes. Nem as sementes plantadas na terra adubada, nem as que atiramos displicentes, sem a consciência de estarmos semeando também. O mundo todo se submete a essas entressafras, o tempo é circular feito o desempenho da roda-gigante subindo e descendo, subindo e descendo, naquele movimento de aparência vertical, falsamente progressivo. Girando, mas alternando as posições do brinquedo, ora em baixo – quando se semeia – ora em cima, a visão tenebrosa ou espetacular do plantio, nem sempre ao alcance da mão para a colheita.

Foi aproveitando o silêncio das gargantas roucas de gritos inúteis – há desses períodos na história das civilizações – que a Diocese deflagrou a construção do mosteiro bem ao lado da cidade, sem poupar esforços nem medir as mãos quanto aos gastos e os desgastes necessários para materializar a potência. A única variável capaz de fazer frente à exibição material, quando se aspira ao arbítrio, é a sabedoria, contudo a sabedoria é menos perceptível a olho nu e não se revela em largos corredores circundando claustros, torres imponentes onde batem pesados sinos, vitrais refletindo a claridade externa, nem presenças que exigem a anunciação das aldravas. Quem aspira ao comando tem sempre pressa, preferindo os atalhos fosforescentes à construção lenta e monocórdia das rodagens principais.

Edificou-se o mosteiro pelos braços e lombos destes nossos homens, membros paspalhos, ainda que potentes e articulados, do corpo comandado por um cérebro cioso dos interesses a defender. "Eles são as pernas do baobá, mas nós somos o tronco, os grossos galhos e a própria folhagem", os monges italianos enviados para acompanhar a construção se comunicam entre eles na língua materna, até chegar ao *prego!* com o qual pontuam cada frase.

Embora fora do perímetro urbano, consideramos nosso, o mosteiro, porque ninguém se refere a nós sem aludir a ele, da mesma forma que somos a referência se houver necessidade de localizá-lo: o mosteiro de Flor de Algodão, a pequena cidade arrodeada pelas serras. Quando os chefes de família anunciam a decisão, no intuito de transferir para o colégio a educação doméstica ameaçada pela subversão juvenil, não dizem o mosteiro de São Lucas Evangelista, sim o mosteiro de Flor de Algodão, para cá se dirigem, e é aqui, na pensão de dona

Esmeralda, que as mães mais apegadas se instalam para acompanhar, sem acesso ao interior do mosteiro, os primeiros dias do filho apartado de casa. Flor de Algodão só perdeu o epíteto no período em que o mosteiro esteve sob a direção do abade Battistini, cujo caráter narcísico, reafirmado em sucessivas bravatas, empanou o nome da cidade e os predicados do santo evangelizador, tomando tudo para si, feito um gorila alevantando-se da arquibancada rumo ao picadeiro. Se não fosse por Noquinha, capaz que todos tivéssemos sucumbido à força deste nome, vocacionado para protagonizar, sem permitir oponente. Algumas palavras tomam a forma e o peso do que anunciam. Todos temem o canto do rasga-mortalha, nada mais do que uma coruja encabulada, infantil e introspectiva como todas, entretanto atrelada à morte, à qual seu pio melancólico foi associado ao emitir um descompromissado arrulho na biqueira da casa de um parente idoso do seu Cravo, fazendo-o tombar no quintal de casa quando tentava alongar os braços, exercitando as articulações, a despeito da saúde de ferro comum aos Lírio D'Água. Encontram-se exemplos similares na publicidade veiculada pelas rádios, na qual certos artefatos, pela força que o nome adquire, passam a se confundir com o produto do qual são meros exemplares.

 Foi necessária a chegada de Noquinha ao mosteiro para que a cidade, a passos de lesma, percebesse que mesmo um coração enrijecido como o do abade não foge ao conteúdo muscular, elástico e flexível, por mais que habituado aos anabolizantes da soberba, da vaidade e da jactância, sua expressão preferida diante do espelho, onde, a cada dois dias, apara o cavanhaque.

"Da mesma estrutura do haicai, o seu noivo", irmão Battistini aperta a mão roliça de Salva, pouco conhecida por Chuta, nesta manhã de abril. Acompanhada de Noquinha, ela vem ao mosteiro para ser apresentada ao abade e aos outros religiosos.

"Da mesma estrutura do poemeto japonês, Gigante é uma construção muito alta e muito funda, disfarçada de quarto-e-sala." Chuta sorri o pequeno riso cordial com o qual expressa os pensamentos de acanhados gestos deslocando-se por esta cabecinha de cabelos cacheados. De tão pertinentes à expressão do rosto, os pensamentos minimalistas parecem indissociáveis dele, igual ao nariz, os olhos cinza ou o par de orelhas.

A noiva, embora consciente do elogio – exímia na interpretação das expressões faciais e as outras, anímicas – não alcançou o significado concreto, diferente de Gigante, empertigado, presto ao estender-lhe a mão para que ancorasse. Deve ter sido neste momento que o casal fincou âncora no rio, mantendo os barcos cingidos, prontos para receber um ao outro em momentos de naufrágio particular, ou navegar em dupla pelo rio do qual agora se fizeram água, bem no centro do gabinete do abade, observados pelos gatos imóveis sobre os livros ou esparramados pelas prateleiras subindo do chão ao teto, tão eloquentes essas prateleiras que parecem respirar junto com os bichos.

Gigante tira do bolso da calça o pingente com o crucifixo de ouro que foi de seu pai, e após pendurá-lo à frente do abade para que o benza provisioramente enquanto se espera a homilia oficial, o entrega à noiva, formalizando com o gesto a oferta do seu bem mais valoroso, a lembrança mais cara, o único objeto capaz de traduzir em matéria a dimensão do seu afeto.

Chuta espirra, não está habituada a ambientes assim vedados e solenes, severos.

Battistini se dirige a ela, compadecido do espirro, há espírito nessa erupção, ele percebe, talvez humanizado, aproxima-se mais, o sorriso curto pouco movimenta o cavanhaque, acolhe-a no ombro, enquanto ela, aspirando a fragrância cítrica da loção após barba, recolhe o crucifixo ao colo igualmente perfumado por dentro do sutiã.

Chuta espirra outra vez, mas desta vez se encabula, não se quer veículo da apreensão de um homem desses, a túnica dele mais austera do que o vestidinho a lhe desnudar as pernas gordas. Pensa em se afastar, ele a aperta contra o lado direito do peito, ela fica estática, precisa espirrar de novo, pressiona com força a unha do polegar na ponta do indicador, como padre Estrelinho ensinara no catecismo sempre que se percebesse exposta às fanfarrices do demônio.

Não adianta; espirra uma terceira vez.

É Noquinha quem atira a rede de proteção, agradecendo ao abade a acolhida, prometendo ser o marido honrado e fiel que se espera dele, ao mesmo tempo que a retira do braço eclesiástico com delicadeza, saindo com ela rumo aos folguedos pagãos amontoados uns por cima dos outros do outro lado da porta de ferro, experimentados nos acepipes eróticos anunciando o banquete a ser devorado depois do "eu vos declaro marido e mulher".

A charrete está na porta do mosteiro, Salva toma a dianteira, dirigem-se para Vila dos Remédios ao encontro da família, o novilho assando no rolete para o almoço de noivado, Salva deixa o mosteiro lambendo os beiços à espera, não os podemos mais ver.

Sabe-se que, embora nascida lá, é aqui que essa menina desejou viver desde sempre, é da pele desta cidade que ela quer ser tegumento, são estas as imagens, é esta margem das serras, São Lucas Evangelista emérito padrinho do seu noivo, é este o pó. Não quisesse tanto bem ao homem sentado ao lado, estaria satisfeita da mesma forma por desembarcar entre nós a arca de madeira com as poucas mudas de roupa, a boneca de pano, os dois pares de leques tecidos pela avó e o travesseiro de camomila, as únicas peças escolhidas para testemunhar a inexistência anterior a essa florada de algodão.

Enquanto Salva sai, Rosa Morena, de maria-chiquinha nos cabelos de menina, entra no mosteiro, como é obrigada a fazer todo 18 de outubro, dia em que se comemora São Lucas Evangelista.

Incapaz de se ajoelhar diante da imagem na gruta, senta-se no banco. Para não perder a viagem, encara o santo nos olhos de vidro, não para reverenciá-lo, mas exigir que interceda frente ao chefe dele no sentido de abrir-lhe os caminhos.

Nenhuma metáfora na expressão: abrir os caminhos. Ela se refere ao caminho geográfico capaz de conduzi-la daqui para algum lugar onde haja os engarrafamentos e as enchentes urbanas levando carros a boiar pelas ruas e despencar em bueiros, registradas em reportagens nas revistas lidas quando sobe para o depósito de quinquilharias que o pai mandou construir em cima do armário embutido do quarto onde ela dorme com Tulipa – a pequena Azaleia ainda pernoita com os pais a essa época. Ali, lá em cima, ela escapa das tardes madorrentas, infiltrando-se nas páginas onde habitam carros conversíveis, arranha-céus, viadutos, letreiros luminosos, casacos de inverno, lindas mulheres castanhas de cabelo pela cintura e dentes cintilantes, rapazes de fazer corar a mais vocacionada Filha de Maria.

O caminho do mosteiro até aqui é curto, como demonstra ser curta a ascendência do santo sobre o chefe dele.

Apenas o tempo é largo, singra, vai, e agora a vemos passar, Rosa Morena ganhou largura, estufou os peitos, quase úberes, atravessa a rua e a praça, da rua sobe o cheiro do piche recente, a primeira camada do asfalto quase destruída pelas chuvas deste inverno rigoroso. Dirige-se à catedral, acompanhada do marido Anatólio, o primogênito do compadre Ricoleto, o doce Anatólio, iminente funcionário da coletoria, exímio pescador de jacaré, animal do qual aproveita do esqueleto ao couro, e cujo vigor sexual intensificado com a idade o fascina desde menino, histórias contadas pelo avô na solidão da canoa, noites de lua cheia adequadas à pescaria no rio escuro, apenas os dois, os peixes, os bichos de isca e os outros animais de água.

Está prenha do oitavo filho, Rosa Morena, considerando a primeira gravidez, gemelar. Segue puxando pela mão o mais velho, Aureliano, de mãos dadas com o gêmeo Amílcar, este com Austregésilo, que segura a mão de Deboche, mão atada à de Robson Crusoé, conduzindo Mano Lee tropeçando nas perninhas curtas, de vez em quando se firma às mãos que o vão conduzindo e tira os pés do chão, pedala o vento, flutua, Mano Lee aprendendo a andar, vai de mão dada com o pai, o papai conduz no outro braço Vitória Flor, única menina da filharada, protegida da claridade excessiva pela manta tricotada por Caçula, que, desde a inauguração do ateliê na capital assumiu todos os artigos de sua confecção, dos banais aos mais refinados.

Vitória vai ser batizada neste domingo de sol.

A voz de padre Estrelinho tornou-se entrecortada depois da isquemia. A isquemia também lhe diminuiu a força das pernas, porém ele permanece à frente da paróquia de Santa Margarida, cada vez mais exigente, o tempo apurou seu feitio e o tornou severo. Apenas em caso de extrema fadiga transfere para Primeiro, que, na maturidade, dedica-se às atividades eclesiásticas, a execução dos sacramentos.

"Quando o demônio não nos quer mais, a gente se volta para Deus", o padre se dirigiu ao futuro religioso, no dia em que ele, abatido pela ressaca de uma noitada impotente no cabaré da Misericórdia, veio pedir instrução para tais ofícios, poucos anos faz.

Primeiro, convertido em irmão Primeiro, recebe a família paroquiana no adro da igreja onde já estão Cravo, Gérbera, Tulipa e a viúva de compadre Ricoleto, acompanhada dos outros dois filhos, tios da criança que vai ser batizada, recém-chegados da cidade grande, enredados nas comunicações externas através de aparelhos de última geração, para os quais têm voltados os olhos e o interesse.

Rosa Morena cumprimenta um a um, está corada, talvez o sol forte, Gérbera desliza a mão pelo rosto da filha, o pai contorna com a ponta do dedo a barriga de oito meses, a viúva de compadre Ricoleto pega a neta nos braços, descansando o braço do filho, que então acende o cigarro impacientado no bolso da camisa, tendo que apagá-lo em seguida para atender ao chamado de padre Estrelinho, convocando-os ao altar, gestos nervosos de mão, equilibrando-se pelo meio do corredor central, vindo para cá, capengando para um lado e outro, esse padre só não se estatela no chão porque tem um anjo da guarda muito camarada.

Diferente do que aconteceu aos irmãos, todos serenos, Vitória Flor responde mal à água fria escoando pela testa e desaba num choro extraordinário, acompanhado por intensa descarga intestinal, o que certamente serviu de estímulo à avó materna, Gérbera, que, até aquele sagrado momento, não encontrara subterfúgio para fermentar em gases o tédio que estes rituais familiares continuam a lhe provocar. Exagerou no álibi oferecido pela menina, rebimbando um flato a todos audível, repetindo-o uma segunda vez, uma terceira, forçando padre Estrelinho a interromper o ofício, voltando a cabeça para ela, a fim de não deixar dúvida a qual criança iria se referir: "A criança peida feito gente grande", protegeu o nariz com a estola roxa, tratando de apressar a cerimônia que, a partir daí, não levou mais do que oito minutos até a bênção final.

Logo estavam de volta à porta da igreja, a manhã ordinária, nossas portas e janelas largadas ao tempo, tudo em sossego, Chiquinha Gonzaga, a caçula de Heitor Villa-Lobos, de pé, seriíssima, segue acompanhando o pequeno entra e sai no adro, de olho em Vitória Flor de novo nos braços do pai, são doidas uma pela outra, a jumenta e a menina. Chiquinha se aproxima, Anatólio oferece a filha para o cumprimento de língua, a jumenta percorre o corpinho dela com a língua dos pés à cabeça, a criança morre de rir, chega a se engasgar, a manhã numa serenidade em tudo oposta à outra manhã de um ano atrás, esse mesmo 18 de outubro.

Naquela, ao retornarem à porta, de volta da pia onde padre Estrelinho batizara Mano Lee, se depararam com Herondy do Balão passando por cima da igreja, voando feito um zepelim cheio de luz, tomando altura, subindo, sumindo, acordoado a ruma de balão, vermelho, branco, azul, amarelo e o preto desfazendo-se em todas as cores, acenando com a mão livre das cordas, acenando mais – dava para perceber o sorriso no rosto iluminado antes de desaparecer por completo no meio das nuvens, acima dos passarinhos e dos urubus.

Gaiola, na calçada da cadeia, a cabeça para cima, vasculhava o céu, as mãos em concha acima dos olhos, protegendo-os do sol, acompanhando o preso com uma cara de espanto, o falso espanto endereçado apenas a quem não partilhava de nossa euforia ante o voo de Herondy rumo à liberdade, à liberdade mais etérea que poderá experimentar.

Aqui, malgrado os esforços para fecundar todo tipo de semente atirada em nosso chão, a liberdade que podemos oferecer é irrisória diante dessa outra liberdade de vento pelo corpo todo, a imersão nas nove letras da palavra, embrenhando-se entre elas, Herondy aglutinado a cada signo gráfico ao ponto de indissociá-lo da própria L I B E R D A D E, se amalgamando, ele e as letras todas, no espaço.

Angústia não tem dúvida de que um tanto dela também levantou voo com Herondy, e viaja com ele na condição de matéria, ele o artífice, ela a operária. Durante o tempo exigido, o abasteceu das peças necessárias à execução do invento, bota um riso na boca, um riso mais para o dentro da alma do que para as comissuras dos lábios, subindo na charrete com facilidade, a saia cheia de pano dessa vez, lá se vai.

Menos palpável é a condição em que viaja Rosa Morena, acompanhando, comovida, o voo do preso, do qual não consegue tirar os olhos, os olhos inaptos a traduzir no mais franzino fio de lágrima tamanha comoção. Não por incapacidade, nunca por dissimulação, nada de sede nestes olhos hoje. Desta vez a lágrima que não despenca do olho de Rosa Morena não esteriliza a terra, algo nela se fertilizou, adensou e circula em riachos mansos, embora aterrado. Ela percebe que há uma Rosa Morena em pleno voo, atracada a todos os balões, conduzida por eles, flutuando por uma zona intangível, inacessível aos seus olhos, e ainda assim santuário pagão onde se isolar a cada vez que o cortinado de serras se meter a asfixiá-la.

Essa algodoense sempre se soube destinada ao voo. O que ela desconhecia era sua natureza bumerangue.

Os PRIMEIROS dias não foram os piores. O abalo, a perturbação, o cerimonial, tudo contribuiu para que, tentando subsistir ao flagelo, desviássemos com alguma frequência a atenção do fato. Ou, do fato em sua dimensão dilatada, nossa família submersa no precipício do acontecimento, ainda não atingida a fragmentação. A dor aguda, por mais doída, é mais suportável do que a dor tornada crônica, embora se anuncie como insuperável. Os aviamentos dos primeiros tempos acabam por nos entreter de alguma forma, entre paroxismos de gestos, barulhos, estertores e providências.

Mas vieram os dias, as horas, minutos, as tardes longuíssimas, quando então, a salvo do maremoto, os pés de volta à areia, deparamo-nos com o cotidiano, em que Samanta não era encontrada em lugar nenhum. No quintal da casa a mangueira silenciosa, galhos vazios, um ou outro sabiá bicando manga, calado, e só. Nada pelo corredor ou atrás da porta onde ela se escondia tentando me surpreender e me assustar à passagem. Ninguém diante da penteadeira, presente do último aniversário, o espelho cego. O banheiro vazio de sua presença, na cozinha apenas o aroma do que se prepara com sal, nada de açúcares. A casa ensurdecida em silêncios. Algumas vezes, me levantava da cama pelo meio da noite e ia ao seu quarto me certificar de que ela não dormia lá, tamanha a incredulidade. Passava a chave na porta, para não ser interrompido, e me deitava na cama, o nariz enfiado no travesseiro dela. Nele, a cada noite, tornava-se mais intangível o seu cheiro, minha irmã esvaía-se de todas as coisas.

O propósito de ressuscitá-la não foi a primeira decisão que tomei. Antes, tentei desqualificá-la, iluminando de boa luz todos os momentos em que me senti preterido por sua individualidade, respostas atravessadas às tentativas de domesticá-la, as demonstrações cotidianas de autossuficiência, as mentiras recorrentes, seu empenho em me fazer hospedeiro de sua estalagem particular, relegando-me a uma importância periférica.

Funcionou a princípio, mas fui desmascarado pela falácia do raciocínio. Não tinha como negligenciar nossa cumplicidade, o amor conjunto pela neve, as mentiras que, comecei a entender, não passavam de subversões da verdade, as tardes nas quais ela só levantava da cama quando eu chegava da rua, entrava no quarto depois de bater três vezes na porta para dizer que era eu, entregando a ela o Sonho de Valsa. Ela o comia em seguida, sem novidade, pendurando-se em meu pescoço para insistir que ninguém naquela casa gostava mais dela do que eu, num misto de rigor e artifício. Talvez fosse verdade, porém eu não queria que ela acreditasse nisso. Procurava convencê-la do amor de mamãe, sempre voltada para nós dois, "não vá me dizer que você põe em dúvida a paixão do papai", dizíamos amor e paixão naquela casa com naturalidade, não temíamos palavras nem gestos nem sentimentos, ela enfadava, eu insistia, "você habita um poço sem fundo", abraçava-a mais forte, cochichava em seu ouvido, ela segurava o riso, enfiava a cabeça em meu ombro, acedia.

É que talvez fosse verdade: ninguém naquela casa gostava mais dela do que eu, não porque não a amassem o bastante, mas porque não existia paralelo para o meu amor, e sabíamos.

Samanta está viva e a posso ver, eu disse, na primeira manhã do segundo mês, aterrando os pés na cama, tamanho o susto. O criador todo-poderoso, apesar da imaginação vertiginosa, privilegia meia-dúzia de personagens em detrimento de um elenco inteiro, necessitando, portanto, de ajustes pontuais. Pulei da cama e abri a janela do meu quarto no andar superior, a rua na sequência do terraço, a primavera florindo vermelho pelos galhos, chovia. Samanta chegava, acionava o portão, sombrinha aberta, grossos livros amparados no braço, voltava da escola àquele horário, o dia mal começando? Desci as escadas voando ao seu encontro, ela havia esquecido o estojo de desenho, hoje tem aula de desenho, apenas isso. Pegou o estojo, virou mais um gole do suco de maracujá largado em cima da mesa, me deu um beijo no rosto e saiu de novo, Samanta será arquiteta, eu vou ser engenheiro, Samanta é tão exata, sou dado a devaneios, somos gangorra num parque de diversão.

Foi o dia mais sereno desde o mergulho no mar. Consegui conviver com a algazarra dos colegas no colégio, o entusiasmo circense dos professores, o sorriso na boca da atendente da lanchonete no recreio, a trivialidade dos dias comuns. Os dias, até aquela manhã, pareciam um acinte à ausência de minha irmã, à dor de nossa família, os destemperos do mundo. É que, passado o susto inicial, todos retomaram sua vida incitando os desejos ordinários, movimentando-se atrás deles, eu vi risos em bocas inesperadas, sorrisos no mínimo prematuros e deslocados, ofensivos até. Gestos eloquentes onde devia haver moderação; festa, onde recolhimento, eu me esquivava, amontoando suspiros na garganta. Houve quem se compadecesse por toda uma semana, entretanto na semana seguinte a frugalidade dos dias já se encarregara de restituir o caráter leviano dos prazeres diários. Quando se está triste, a alegria alheia parece indecorosa e cheira mal, fazendo erguer um muro delimitando territórios insuperáveis.

Agora não. A vida estava liberada a continuar vivendo, balancem todos os galhos, sorriam todas as bocas, liguem vitrolas, buzinem carros, sinos toquem, namorados namorem, porque Samanta está entre nós, e eu já posso me reinserir na vertente da vida, respirar.

Mais tarde iriam chamar a isso de insanidade; jamais duvidei se tratar de sustentação.

Às primeiras horas da manhã de um domingo, tão logo nos levantamos da mesa do café, meu pai me chamou para a volta de carro, como costumava fazer quando queria tratar de algum assunto pessoal. Depois de rodarmos longo tempo pela cidade, encostou o carro no meio-fio, parou, se voltou para mim, sentado no carona, e me interrompeu no momento em que lhe contava a respeito da viagem a San Moritz:

– Filho, você está louco.
– Não o suficiente.

Não o bastante, eu lamentava, porque àquela altura, apesar da resistência aos pensamentos contrários, começava a desconfiar da veracidade dos fatos. Não era sempre que conseguia discernir entre um arbusto e outro contra os quais nos chocamos durante a descida na pista de esqui. Cheguei a duvidar da própria viagem, a ter dificuldade em acompanhar a avalanche de neve desabando nas cercanias do chalé, em nossa primeira noite, assustando-nos a princípio, divertindo-nos depois. Não podia retroceder à ditadura do juízo, novamente o pai e as más notícias. Eu não queria saber de prudências contradizendo a verdade, não me venham com remédios, orientações, discernimentos ou infusões milagrosas, eu estava untado pelo milagre, não havendo motivo para me subordinar à insanidade da lucidez – em muitos momentos as palavras desembestam dentro da minha cabeça, eu não as destrincho, elas gritam, e tudo o que escuto é o atrito entre as palavras e as paredes do crânio, depois o eco que, apesar do barulho, não esclarece o que elas têm a dizer.

Ele seguiu com o carro, saímos da cidade, achei que fôssemos viajar, desci o encosto do banco, abri toda a janela do meu lado e aspirei a mata nos acompanhando ao redor, as imagens apenas roçando os meus olhos sonolentos, parece que vai chover. Resisti ao sono, me voltei e aumentei o som do rádio, *quando penso em você fecho os olhos de saudade*, ao abri-los estávamos atravessando o portão do hospício, eles chamam de Clínica de Repouso, tão bonito aqui, e tão vasto.
   Trouxe o encosto do banco de volta ao lugar e fechei a janela com rapidez, evitando que a temperatura externa beirando zero grau entrasse pelo carro, estávamos despreparados para a nevasca aproximando-se, eu de camiseta, papai em mangas de camisa, não vejo chalés aqui na montanha, eles devem ficar incrustados em montanhas maiores nas proximidades do hotel. O hotel, adaptado deste castelo que serviu de base para as Forças Aéreas Alemãs durante a Segunda Guerra Mundial, bem aqui diante de nós, são três andares, um terraço se projeta no andar de cima formando essa meia-lua cor de rosa, guirlandas de rosas e gerânios despencam do teto, dezenas de janelas adornadas por gradis de madeira trabalhada em marchetaria elegante, debruçam-se casais em casacos de inverno, um ou outro pombo arrulhando de lá, não sentem frio, agasalhados pela densa penugem.
   A neve começa a cair em grandes flocos revoluteando como plumas, mas ninguém se retira de onde está. A mulher de estola de pele e chapéu com todas as cores de uma arara descalça as luvas e estira os braços

ao encontro da neve, tentando acolher na palma da mão um floco e outro, está eufórica, sorri um Sonho de Valsa estrangeiro, alongando-se ainda mais. Três charretes puxadas por robustos cavalos equipados para o inverno se afastam do hotel e seguem pelo passeio entre filas de pinheiros arreados de pingentes de gelo, o chão atapetado de neve e outros pedacinhos de gelo, a tarde metálica, nada de sol.

À frente da porta principal dois recepcionistas de uniforme e casacos com golas de pele nos esperam para as boas-vindas, estaciono o carro. O mais alto abre a porta do meu lado, dizendo palavras de acolhimento num alemão rigoroso, desço do carro e uma lufada de ar frio entra-me pelas pernas da calça, me arrepiando todo, enquanto minhas orelhas parecem congelar. O outro, o de chapéu de astracã, abre a porta do carona, estendendo a mão enluvada e ajuda Samanta a descer.

Chegamos, afinal.

Azaleia me pega pela mão e me conduz à motocicleta. Pede, com sua vozinha de nuvem: "Vamos dar uma volta?", vamos, subo na moto e a ajudo a subir, ela sobe, volto-me para acomodá-la na garupa, até me certificar de que está segura.

Dirijo no sentido contrário a Flor de Algodão, porque não espero que o passeio seja breve, a cidade fica a poucos quilômetros de onde estamos, desejo a companhia de Azaleia um pouco mais, tanto bem eu lhe quero.

Ganhamos a estrada, Azaleia me agarra pela cintura, primeiro ri alto, está se divertindo, olha para um lado, olha para o outro, verga-se à direita e se expõe ao vento, para a esquerda, de novo à direita, fosse maior desestabilizaria a motocicleta, depois junta o rosto às minhas costas e silencia.

Sentindo o peso delicado do seu corpo, percebo suas mãos enrodilhando-me a barriga e usufruo mais uma vez a maravilha dos afetos confortáveis.

CONHECIDA como Dona Boba desde pequena em função de seu ar emproado, o verdadeiro nome da menina que cuidava de Azaleia é Maria Bobagem. Maria, porque as duas filhas de Ramagem têm na mãe de Jesus a madrinha de batismo, e Bobagem, numa referência a Bobino, seu marido amantíssimo, a quem fez questão de homenagear com esse hibridismo de palavras, definindo o nome da caçula. Nada mais justo. Bobino, além de marido amantíssimo, é pai previdente, ambicioso e enxerga a léguas do nariz.

A filha não é diferente, não enxerga menos distante, desde muito cedo se equilibrando entre o arame de sua infância particular e o longo fio que balança a infância de Azaleia, a menina entregue aos seus cuidados tão logo aprendeu a andar, embora apenas dois anos mais nova do que ela. Nessas conjunturas, o período reservado à infância é proporcional às condições financeiras e pedagógicas de quem a pode patrocinar. Nos quase oitocentos dias de diferença entre uma menina e outra, estão engastadas percepções e experiências que, em infâncias menos contaminadas pela prática adulta, dois anos talvez fossem insuficientes para adquirir.

Dona Boba consegue delimitar esses dois territórios e transitar por eles. Quando a trabalho, seria capaz de abrir mão de seus próprios desejos tenros – e os devaneios, quimeras, as delegações infantis – para acudir aos consumos da menor, o tempo inteiro à vontade na meninice comum às duas, beneficiada, esta menor, pela hierarquia a favorecê-la, entretanto não é necessário. Azaleia, distante desses comandos, não as distingue, e quando a sós, longe do olho paterno, ou patrão, não passam das duas meninas que de fato são, sem nada que as desassemelhe ou as interdite, a não ser os horários de dormir e os desejos de brincar, se acontece de estar em desacordo. Desacordo que resolvem entre elas, sem que a filha de Cravo se dê ao direito de exorbitar dos horários da mais velha ou impor os seus, os cabelos em cacho para um lado e outro ocupados apenas em arreliar o dia para que o dia as sirva do melhor pitéu, decidido em parceria, esta e aquela, sentadas no terreiro, de pernas estiradas no chão e as mãos aterradas no barro, mergulhando no riacho quando não há seca ou deitadas nas redes atadas para a sesta do almoço, e são duas as redes, paralelas, próximas o bastante para as histórias de assombração e as reuniões do concílio particular, quando decidem o futuro imediato do dia.

Dona Boba – ela não se incomoda com o tratamento inventado para zombar de sua austeridade infantil – só se valeu dos cinismos inerentes aos afetos compulsórios nos primeiros tempos, antes de perceber que, entre as duas, bonecas, balanços de corda, insetos em caixa de fósforos, bolhas de sabão e as trilhas fechadas do mato ocupavam o lugar de escudos e estilingues de defesa por acaso pretendidos em algum momento lá atrás.

Juntando a visão distante do olho previdente à visão miúda do cotidiano, Bobino não pensou duas vezes antes de permitir que Dona Boba acompanhasse Azaleia, tão logo a moça se dirigiu a Los Angeles, quantos anos faz?

As bandeirolas estão coladas nos barbantes e fios estendidos pelos quatro cantos da praça. Parece surpreendente, não estamos em junho, época de festejos, nem em julho, quando no dia 20 se homenageia Santa Margarida, reverenciando o seu martírio. Martírio, aliás, pouco difundido por aqui. São poucos os algodoenses a conhecer os flagelos aos quais essa filha de religioso pagão foi submetida na província romana da Pisídia, por se dedicar a crenças incompatíveis com os estatutos da casa paterna.

O próprio Ptolomeu do Lírio D'Água, bisavô de Cravo, desconhecia a extensão dos martírios quando promoveu Margarida – santinha de devoção da família, em agrado à matriarca dos Lírio D'Água também Margarida – a matrona da cidade. Se soubesse, decerto não o teria feito. A saga das padroeiras serve de guia ao rebanho, é verdade, entretanto, por mais que se valorize a resistência aos suplícios em nome da fé, o corpo dessa devota espichado em cima de uma tábua com ganchos de ferro encravados sobre ele, antes de decapitado e atirado ao rio, não traduz a efígie das divindades femininas, esteio da paróquia, albergue de três municípios, malgrado pequenos e de certa forma pouco populosos. São especulações comezinhas, deixemos como está, Ptolomeu a escolheu pela coincidência de nomes, agradar à mamãe. Voltemos às bandeirolas esvoaçando no Largo da Matriz, tremulam ao vento em variedade de cores, a bandinha se posicionando alinhada, ouvem a corneta e o tarol? Azulão está no segundo mandato de prefeito, substituindo Pelópidas Blue. Pelópidas, depois de se livrar do quarto surto de escabiose – sem obter o mesmo sucesso com a dermatite de contato cronificada na mão direita – admitiu, para si e para seu padrinho político, após o banho vertiginoso de chuva, que a política, como o sexo, não é indicada aos assépticos e escrupulosos. Ao contrário, sexo e política se beneficiam largamente da falta dessas duas sindicâncias. Antes frustrado, Cravo ponderou, compreendeu e desistiu, recorrendo ao motorista silencioso, habituado ao corpo a corpo com o povo, de onde sempre saiu ileso, ele mesmo rês desse rebanho. A mudez inclusive não representou obstáculo para o cargo, visto que, das marionetes, não se cogita voz. No posto protocolar, mesmo os que apresentavam cordas vocais cintilantes – todos os antecessores do prefeito Azulão – as movimentavam a serviço do ventríloquo. No caso de Azulão, o silêncio o enobreceu.

Dessa forma, Cravo não precisou de intermediário para mandar distribuir as fitas coloridas pelos fios de náilon antes de esticá-los pela extensão da Praça da Matriz, tampouco para arregimentar a bandinha de música de Zé do Padre, a postos desde as primeiras horas da manhã, afinando os instrumentos um a um, parecem satisfeitos, que dia este!

Estamos em polvorosa, é a primeira vez que ela volta aqui desde a consagração no estrangeiro. O domingo veio tórrido e sem ar, mas amanhecemos acesos. Todos nós queremos saber como ela está, como caminha agora, com que lábios ri, de que jeito fala, de quem é capaz de lembrar, conferir os brilhantes cabelos exibidos no outdoor ao lado da plaquinha na rodagem, anunciando-nos com a seta de madeira: "Bem-Vindo à Flor de Algodão, Welcome, Bienvenu!".

Dona Boba, conhecida internacionalmente como *demoiselle*, chegou ontem, está entre nós, ainda nem teve tempo de visitar os pais ansiosos por vê-la. Eles acabaram de mudar para a chácara que foi dos pais de Gérbera, comprada e reformada por esta filha empresária, oferecida para o pai no Natal passado, Bobino colhe os frutos do plantio, a filha foi boa semente, Ramagem não se cabe em si, num pé e noutro, apossando-se do que é seu, tudo tão recente, fazem ajustes, distribuem sal grosso pelos cantos da sala.

Dona Boba instalou-se no Largo da Matriz número 1, quarto de hóspedes da residência dos Lírio D'Água, está a trabalho, não deve se ausentar, para isso veio. É sempre assim. Quando estão fora do circuito internacional – onde a segurança é garantida por contrato – *demoiselle* se antecipa, chega antes para averiguar os dispositivos cautelares, os tempos não estão para chá nos jardins da marquesa, a televisão está aí eliminando as distâncias entre os fatos e nós, de tudo tomamos conhecimento, e tememos, como não?

O fato é que essas figuras célebres apreciam o alvoroço que as antecede. Gostam de alimentar com fogo a chaminé vulcânica de sua presença, desejando que, mesmo depois da partida, ainda se perceba em um canto e noutro lavas da irrupção desencadeada ao passar. Estas figuras célebres, no que se tornam célebres, deixam de perceber minúcias, todas elas outdoor de sentimentos e atitudes, insensibilizam-se aos toques, delicadezas de pele e superfícies, alimentando-se de grandes animais, gestos exagerados e arrebentações. É o jeitinho com o qual tentam aturdir a miséria que nos acomete a todos. Mas a miséria humana – e a miséria das cidades – não se deixa aturdir e volta a se impor adiante, exigindo nova combustão, reacendendo placas de neon transitório.

Com Azaleia não é diferente, apesar de, neste momento, ao desembarcar do automóvel de luxo no qual ocupa ao lado do marido o banco traseiro, não consigamos identificar um único esgar de soberba, exagero, enfado, toda ela menina regressando, o mesmo sorriso encabulado, olhos ligeiros percorrendo a praça, de repente guarnecida pelas bandeirinhas, é uma delas, a mais luminosa, aquela grená, a que se sobressai no meio de todas as outras, as outras que somos nós, súbito pálidas. Não faz parte de nossa natureza, em momentos como este, disputar o pódio, competir, despertar a inveja dormitando com um olho só, e sim nos aliarmos à bandeirola grená, estamos atados ao mesmo fio de nailon, balançamos ao mesmo vento, podemos nos iludir e desfrutar da garupa. Assim, é como se todas as bocas pedissem, voltadas para ela: 'Seja a nossa padroeira, menina, cumpra-nos', lampejando ainda outras palavras de louvação.

Gérbera abraça a filha com o corpo inteiro, investiga-a, aperta, solta, aperta de novo, estão na calçada, Cravo cumprimenta o genro sem se ater ao lenço de seda invariavelmente atado ao pescoço do produtor inglês, Cravo já sabe, já viu, esteve lá. Pelópidas, vendo-o pela primeira vez, se delicia, conferindo, na fricção entre os dedos, a maciez da seda, "quanta delicadeza!", só depois se apresenta, "sou o dono do cinema", apontando para o outro lado, os dedos cheios de anéis, o inglês responde em pedacinhos de nossa língua, Pepê se dirige a Azaleia: "cremes e bisturis para quem precisa de artifícios, pêssego esse!", corre o dorso da mão pelo rosto dela, Cravo esteve há poucos meses com o casal, um jantar a cinco no apartamento de Gigante em Nova York. Poderia ter sido a seis, todavia Gérbera já não arreda o pé daqui, pouco se ausenta da cama, agora um imenso tablado mandado fazer, ocupando mais da metade do quarto. Nem da barreira de travesseiros entre ela e o marido precisa mais, sobra espaço. Quando não se deseja junção, a demarcação dos territórios é fundamental para o bom relacionamento do casal; neste ambiente não se cogitam litígios, a vida é isto mesmo que ela é, e vai bem, não se ruminam mudanças dispensáveis, gastos, divórcios, muito menos lágrimas e adeus. Na cama, protegida do resto da casa pelo cortinado do dossel, Gérbera recebe as amigas para a jogatina de cartas e a conferência dos donativos para a poupança de Santa Margarida, o café com bolo frito, estendem-se por lá, rolam para um lado e outro, riem, poucos flatos, não há senões.

Cravo igualmente pouco se ausenta daqui. Não convive bem com o anonimato, o desinteresse de quem o vê passar por outras ruas, ou nem chega a vê-lo passar, nem o percebe, ele sempre disponível para os cumprimentos, dispensáveis os braços e as mãos nessas outras terras, dispensável sorriso de portas abertas, e mesmo janelas por onde ninguém tenta entrar. Aqui, e a um raio de muitos quilômetros ao redor, todos o conhecemos e o referendamos, tiramos o chapéu à sua passagem, estendemos a mão, curvamos a cabeça se decidimos reverenciá-lo ainda mais. Cravo do Lírio D'Água está envelhecendo, os cabelos brancos, a passada se tornando lenta, mas a coluna de pé, o passado às costas, ele sempre vai, e o vemos.

O jantar no apartamento de Gigante e Chuta em Nova York se deveu à celebração deste filme novo, no qual Azaleia é estrela absoluta, apresentando a personagem adaptada do livro, best-seller internacional – e digo apresentando em vez de representar, porque artista deste porte não representa, vive – disputada pelas atrizes mais incensadas de Hollywood, impecável na interpretação de nossa algodoense. Ela está aqui para a projeção do filme no largo, a céu aberto, cadeiras cedidas pela Prefeitura, o Rotary Clube de Campos Elíseos, o agente funerário e os dois colégios, legendas em português, o som original americano, tecnicolor, cinemascope, que maravilha! Houve quem sugerisse a versão dublada, não é fácil acompanhar as legendas velozes, nossa gente simples, mas não. Compreendendo ou não o dizer dessa estrela, não abrimos mão de vê-la se comunicando neste idioma que só conhecemos de yesses, nous e tenquiús.

Aí está a menina encabulada, o docinho caçula de Cravo, acenando para tantos quantos se puseram em torno dela, à volta do largo, comprimindo-se na calçada, chegando junto só para vê-la de perto. "Como pode o peixe vivo viver fora da água fria", a banda assopra com força a cantiga associada ao Juscelino Kubitscheck, "falando em vida, não em morte, Deus te dê o céu, te chame lá", enquanto, assoprando os instrumentos perfilam-se o pistonista, o corneteiro, o do trompete, todos de bochechas infladas, os olhos fixos nela, insistentes, para não haver dúvida a quem é endereçado o que estão querendo dizer, a canção tão mais de acordo com esse peixinho cintilante do que com o presidente falecido há décadas. Este peixinho escapuliu do aquário e volta para nadar em grande água, ondulando-nos a todos no banzeiro provocado ao passar.

Não é mais tórrido o domingo, já não nos falta o ar.

Os domingos se querem iguais, é da sua natureza a monotonia lerda, talvez para diferenciá-los dos demais dias da semana, impacientes e cheios de gestos.

No entanto, aquele outro domingo lá atrás escorre suave, quase triste, embora entrecortado pela excitação momentânea dos dias de semana, como se fosse um deles. São as despedidas. Gérbera não chora. Cravo, se chora, é para dentro o choro. Estão na mesma calçada da casa número 1 do Largo da Matriz. Vão embarcar a caçula, Azaleia se ausenta de casa pela primeira vez, a capital, depois o Rio de Janeiro, Los Angeles e o mundaréu de terra nos dois hemisférios. Gigante finalmente convenceu Cravo de que num diâmetro de treze mil quilômetros – a extensão da terra – não existe uma única criatura em melhores condições de protagonizar este roteiro do que a menina, agora moça, praticamente mulher, a melhor aluna de inglês dentre todos os alunos que teve nestes anos de magistério, o ouvido mais apurado, a sensibilidade mais fina, pérola clandestina na ostra do lírio d'água. Trata-se do seu primeiro filme de fato autoral, longe do universo pornô-erótico, cuja aprovação acaba de chegar de Hollywood, seu roteiro desbancando cineastas referendados e iniciantes promissores, configurando essa conquista excepcional, não apenas para ele, mas para a cidade, a região, quiçá para o país, o continente sul-americano. Gigante é esta sardinha capturada em altíssimo mar de tubarões e animais de todos os tamanhos, ele acredita com tanta intensidade, que seria capaz de reconhecer em cartório a assinatura dessa afirmação.

– Não seria Rosa Morena? – Cravo argumenta, a mais velha sempre às turras com a gente aqui, a cabeça em outras nuvens.

– Evidente que não – Gigante interrompe, ao molde dos discursos: – Não pense que as flores da hortênsia sejam as pétalas coloridas, lilases, vermelhas ou azuis, visíveis desde longe quando olhamos para elas. Aquelas, apesar de vistosas, não passam de folhas imbricadas para esconder a verdadeira face, engastada no centro de toda a beleza impudica. Azaleia é essa flor da hortênsia, lá dentro escondida. Meu roteiro trata de substantivo, não de adjetivo, embora não abra mão da lírica, que sem ela nem levanto da cama pela manhã. Posso garantir a você: nada mais substantivo nesta cidade do que Azaleia".

Ela embarca no Aero Willys, de lenço no nariz vermelho, quase um tomate, boina de crochê na cabeça, ladeada por Chuta e dona Boba no banco de trás, Gigante na frente, Azulão ao volante, Cravo acena da calçada, ao lado da mulher e das duas mais velhas, não se acostuma às despedidas de aeroporto, o avião desaparece lá por cima e, cá no solo, é ele quem fica sem chão, não vai mais. Tulipa dá a mão para o pai e olha para ele, "está descorado, o papai, precisamos repensar sua alimentação", ele não tira o olho do automóvel, a cara cheia de rugas e mungangos, Gérbera já entrou na casa, arrastando a sandália.

Rosa Morena acompanha da calçada, olhos arregalados e boca fechada. Entra muda, depois que o carro dobra a esquina de cima, escala o armário do quarto, onde há tempos não sobe, constatando a organização de malas de viagem uma sobre a outra, uma caixa de papelão repleta de brinquedos antigos ordenados por estado de conservação, um ou outro eletrodoméstico sem uso, nada de revistas, livros de viagem, cartões postais ou jornais velhos da capital.

Nem demoram a chegar notícias do exterior. Azaleia revelou-se mesmo substantivo, adjetivado por tantos quantos a assistiram na tela grande dos cinemas mundo afora. Uma atriz de rara introspecção, o carisma expressado na sutileza que só não surpreendeu o engenheiro desembarcado por aqui na época do estio, a contida exuberância percebida desde a primeira vez em que a viu passar. O produtor do filme, Mr. Lindon Davies, aristocrata inglês apaixonado por cinema, também reconheceu o ouro, apropriou-se dele e o lustrou, exibindo-o em público como fizesse parte das joias da coroa desde sempre. O casamento foi manchete de primeira página não apenas no *The Time* e no *Le Figaro,* no *El Pais,* mas n'A *Voz do Algodão,* nossa gazeta atenta ao que nos diz respeito. Frequentamos olhos e bocas por aí desde o primeiro arremesso das sementes do algodão neste solo, nomeando-nos.

Alguns anos separam aquele domingo deste aqui. Azaleia não foi atriz de um filme só, apesar de ter se identificado tanto com a protagonista criada por Gigante do

Noca em sua estreia, que precisou se afastar das câmeras por algum tempo, a fim de não ter a imagem perigosamente associada à voluptuosidade da heroína. De volta ao cinema, e interpretando os mais diversos papéis que se apresentaram a ela, Azaleia sagrou-se estrela de primeira linha, contribuindo para a repercussão do filme a que iremos assistir daqui a pouco.

À boca da noite estão todos na praça esperando escurecer de vez.

Azaleia na primeira fila de cadeiras, contornada pelo marido, as irmãs, cunhado, dona Boba, a sobrinhada, Chiquinha Gonzaga esparramada ao lado de Vitória Flor, lambendo-lhe, sem nem mesmo abrir os olhos, as perninhas gordas – abriram espaço entre as cadeiras para a jumenta –, Angústia em trajes de gala, Pelópidas, que desde sua retirada da política trocou o terno por suspensórios nas bermudas de linho, está alinhadíssimo em meias finas até quase os joelhos e sapato de cromo alemão, presente de Gigante, encantado nos últimos anos por Berlim e Frankfurt, a Alemanha tem se revelado proficiente reduto de artistas os mais variados e de todo o planeta. Gigante, que supervisionou de maneira informal o roteiro adaptado do livro homônimo ao filme por Mr. R. Betsky, está ansioso para ver o resultado. Excesso de compromissos o impediram de assistir à película em sua carreira internacional. Chuta não tem dúvida de que vai gostar, deita a cabeça sobre a cabeça do marido, está feliz e com sono. Juliana se acomodou à direita de Cravo, sentado entre ela e Gérbera, Gérbera com os gases paralisados, tão honesto o ímpeto de ver a filha ampliada na tela à frente.

Ao apagarem as luzes dos postes e das lampadinhas coloridas a tela se ilumina, agiganta-se, é o mundo. Antes que se consiga identificar naquele ponto metálico chacoalhando na primeira cena do filme a aeronave destrambelhada, a câmera abre, recua, amplia, e vem revelando o casario da pequena cidade, os telhados desalinhados, os túmulos de barro do cemitério, a construção imponente e distante do que deve ser um mosteiro, a torre da igreja, a igreja inteira, o largo, a gente da cidade, uma charrete devagar, o relinchar do jumento realçado pela sonoplastia, recrutas em marcha à frente da cadeia, dois sacristãos ladeando o vigário, a Casa de Zoada, até fechar o plano na janela pintada de verde-musgo, onde Azaleia surge emoldurada, debruçada no peitoril, os cabelos movimentados pelo vento soprando das serras, o ar sereno e olheiras incapazes de danificar o seu rosto, o rosto mesmo uma aparição, todo compacto, coeso, muito firme nos traços delicados a organizá-lo tão bem.

EMBORA usufruindo a passagem expressiva das coisas ao lado e o levante da liberdade, eu poderia cristalizar o momento no qual pilotei a motocicleta pela estrada de poeira entre as serras, tendo como cinta de segurança as mãos enlaçadas de Azaleia em torno da minha barriga. Cristalizar e não sair nunca mais, paralisar o momento e permanecer ali, fruindo. Entretanto, acelerei, atingindo velocidade suficiente para amenizar a trepidação dos pneus, dizendo cinta em lugar de cinto, uma vez que não me referia à segurança formal dos procedimentos práticos, e sim à sensação de estabilidade que, não os cintos, mas as cintas conferem: a parceria entre Angústia e Manoel, por exemplo. O cavalo arreado para as diligências a dois, transmutando o desconforto físico em percepções do espírito: a cumplicidade, os arreios, nada além de veículo para as comunicações entre os afetos, cada um à vontade no seu papel, cioso dele. O rosto de Angústia debruçado sobre o pescoço do cavalo, alinhando-se a ele, alongando os braços em sua direção, precipitando-se ao seu encontro, sincronizados. Aí eu disse: metáfora, compreendendo, montado na motocicleta, estar pronto para abrir mão das matemáticas e retomar à subjetividade de pensamentos, "o engenheiro artesanal", da maneira como Samanta traduziu, naquele misto de aclamação e desprezo, da outra vez.

Eu não tentava romantizar a loucura ou validar os maneirismos de dominação e senhorio, Angústia escravizando Manoel? Não. Estava diante de uma natureza insubmissa a serviço da alma trancafiada em garrafa de vidro, asfixiada por paredes inflexíveis e pensamentos subordinados a comandos externos, sem ter ao menos participado da elaboração desses estatutos – vou espatifar a garrafa de vidro, libertar o prisioneiro.

Ouvi a sirene e olhei pelo retrovisor: a camionete do seu Cravo dirigida por Azulão e a romiseta do delegado de Campos Elíseos pareavam-se atrás de mim. O pai de Azaleia tinha metade do corpo do lado de fora, projetando-se pela janela, berrando coisas que eu não conseguia entender, socando o capô com o punho fechado. Compreendi tratar-se de perseguição, acelerei, porque as celas reservadas para os meninos infratores do mosteiro se misturaram ao quarto do hospício, nunca mais convertido em quarto de hotel, ameaçando a liberdade há pouco adquirida, temi por nós.

Azaleia me apertou, talvez inquieta, senti seu rosto pressionando-me as costas, as crianças não temem velocidades, pelo contrário, se entregam a tudo que lhes tire o ar, senti-me acompanhado por ela, Angústia e Manoel em cavalgada, estamos em navegação, Azaleia?

Foi quando acelerei, ganhando distância, a agilidade da motocicleta superior aos outros dois veículos, sumi da vista deles depois da curva no cemitério de animais e entrei à esquerda, pegando uma trilha estreita pelo meio da mata, desaparecendo por lá, até ser interrompido pela charrete seguindo à frente, ocupando toda a trilha, impedindo a passagem.

Angústia se voltou e me encarou sem demonstrar surpresa, como se me esperasse chegar. Não porque tivéssemos combinado qualquer coisa, ou ela fosse dada a premonições, é que, desde a morte de Maria Lua, nada era capaz de surpreendê-la. Caso a surpreendesse, o mecanismo de se emocionar ao ponto de manifestar surpresa fora desativado junto com a filha, deixando-a em eterna vigília descansada, plena de ausências. Parei a motocicleta, ela brecou a charrete, Manoel também voltou a cabeça, ameaçando relinchar, porém Angústia o impediu, estendendo o indicador à frente da boca com autoridade.

Desci Azaleia da garupa, dei-lhe um beijo no rosto resfriado de vento, ela enlaçou-me o pescoço, mas sorriu um Sonho de Valsa, não resistindo a que eu a sentasse no banco da charrete, ao lado de Angústia.

Pedi que Angústia a levasse para casa em segurança, eu trataria de me explicar com o pai dela mais tarde, agora precisava ficar só, talvez permanecer na mata para vicejar, crepitar ao sol escorchante ou me misturar à terra, desencapsular, uma necessidade imperiosa de expansão. Eu estava tão acumulado de mim, que não haveria lugar para nenhuma outra pessoa, nem mesmo ao meu lado, à frente, na garupa, sequer nas redondezas. Usufruía a conquista, como se finalmente alcançasse a nota musical sugerida pela alma de um músico negligente que, a partir dali, deixasse de semitonar ao piano, de semitonar na vida, mesmo que apenas enquanto durasse o enlevo, antes da pequena nota musical se imiscuir pelos outros acordes da canção, desaparecendo entre eles. A canção é sinuosa demais para que se pretenda alguma permanência além desses breves momentos de exatidão. Passageiros, como tudo o que medra. Porque não houvesse interesse em compartilhar momentos assim, tornou-se necessário viver e reconhecer o ineditismo de cada fragmento do dia, para não implodir de tão cheio.

Quando os vi se afastar, as duas mais Manoel, me senti esvaído de solidão e angústias, animado por uma vitalidade esquecida, e me deitei no mato, as costas na terra, braços e pernas ao rés de estar vivo. Os acontecimentos me inundavam, sem de maneira alguma me afogar, como se apenas oferecessem água para o nado.

Mais tarde comecei com as braçadas. De volta à motocicleta, segui pela trilha desimpedida, e saí lá na frente, retomando a rodagem a caminho do mosteiro, em busca de Deocleciano, querendo retribuir a confidência feita por ele na noite recente, estender essa parte da ponte ao seu encontro. Agora o bem-estar e o arroubo solicitavam conivência para se expandir, ao contrário de minha irmã sempre dispensando testemunhas na hora de experimentar o prazer.

A súbita lembrança de Samanta veio mansa e certa, encaixando-se sem desacomodar nada, nenhuma exaustão, nenhum desconforto ou pesar. Ao contrário, a lembrança de minha irmã articulava-se ao tabuleiro, inserindo-se confortável e macia, elemento de um cenário excedendo-nos aos dois.

A estrada estava quase deserta, as moradas esparsas passavam velozes por ambos os lados, a criançada reunida à sombra das árvores com as bolas de gude e os buracos na terra, os bichos de criação ao redor, mulheres levantando nuvenzinhas de poeira com as vassouras varrendo terreiros à frente das casas, a tarde devorada pela velocidade do acelerador de mão, e eu ia.

À frente, quando já via a torre da igreja projetando-se numa clareira de serra, reconheci o teco-teco ganhando altura, subindo, até desaparecer por dentro de uma nuvem compacta, não podia ser outro que não aquele que eu pilotara até aqui, diminuí a marcha para me certificar e fiquei olhando, sim era ele, tentei acompanhá-lo com a vista, enquanto o avião distanciava-se, diminuindo, até sumir de vez.

Cheguei ao mosteiro, onde não se via ninguém, desci da moto e bati a aldrava duas, três vezes em sequência. Deocleciano abriu o portão, de certo me esperava por ali, subimos em passos de fuga a escada de grossos degraus – embora eu não soubesse muito bem do que fugíamos

–, ganhamos o corredor e, ao final, entramos no meu quarto, a porta apenas encostada.

Deocleciano passou a chave na porta, insistindo todo esse tempo para que eu me apressasse e pegasse uma muda de roupa ou algo assim, e desaparecesse dos olhos de quem me pudesse ver, a cidade em polvorosa, instigada pelo senhor Cravo. Minutos antes, ele convocara a população em torno da praça, berrando no megafone, referindo-se ao engenheiro – "você!" – como "incompetente, lunático e luciférico".

Aí, se retirou do quarto, ainda falando qualquer coisa num amontoado de palavras incompreensíveis, a boca nervosa prateada de dentes, saiu para se certificar de que eu podia fugir com segurança, os monges talvez permanecessem nos seus aposentos praticando o silêncio, quem sabe alheios aos acontecimentos aqui fora.

– Isso mesmo – voltou, para garantir, batendo a porta antes que eu pudesse acompanhá-lo ou mesmo dizer qualquer coisa.

Enfiei na pequena mala de couro a moringa de barro, vazia de água no momento, agora cheia de significados, embora naquelas condições não soubesse exatamente quais. Ainda não havia me dado conta da gravidade da hora, apesar da insistência de Deocleciano, portanto, permitindo-me esta espécie de requinte, passei a mão na moringa, envolvi-a na camiseta usada para dormir, enfiei-a e corri o zíper da mala.

Bateram à porta. Em vez de abrir, olhei pela janela. Lá embaixo Deocleciano gesticulava, pulando de um lado para outro, apontando ora para as celas contíguas à estradinha de pedra, ora para a pequena claraboia em cima, insinuando que eu escapasse por lá. Arrastei o aparador onde antes estava a mala na direção da claraboia, e, intermediado pela cadeira, subi no móvel, na tentativa de alcançar o quadrado de vidro, tentando me equilibrar em cima dele, nada fácil, uma vez que as pernas de couro oscilavam em falso para lá e cá com o meu peso, transformando-o em uma espécie de pêndulo, em cima do qual eu tentava me equilibrar. Afinal desloquei o vidro, esvoaçando a pomba acomodada ali. A pomba, sem que eu tivesse percebido, fizera ninho pelo lado de fora, aproveitando a pequena elevação de cimento. Ela estufou o corpo e saiu arrulhando, emproada, batendo asas, surpreendida pela usurpação da hospedagem, vez em quando olhando para trás, dando voltas no espaço, desenhando espirais feito uma bêbada. Lamentei, mas não me ative a ela. Joguei a mala e aguardei um instante. Ao botar a cabeça para fora, me dei conta da distância entre o quarto e o chão, a altura da parede desproporcional à minha capacidade de, ao contrário da pomba, levantar vôo para depois aterrissar; ela agora pousada num galho do limoeiro, acompanhando de lá com uma cara indignada salivando a vingança.

– Abra, engenheiro!

A voz autoritária acompanhou a batida na porta, reconheci o vozeirão do abade do outro lado. Tremelicando sobre as pernas capengas do aparador, voltei-me para a porta, novas batidas faziam vibrar a madeira, dei-me conta da cena grotesca no meio da qual me inseria. Eu não tinha motivo para sair daquela forma, não havia cometido nenhum ato ilícito, não me considerava foragido, tampouco delinquente, mas, antes que eu fizesse o corpo concretizar o raciocínio, fui abalroado por alguma coisa arremessada lá de baixo, obrigando-me a desviar a atenção. Foi minha vez de me surpreender com o trançado de panos amarrados uns aos outros formando uma espécie de corda, e a pontaria precisa de Deocleciano.

Nunca serei capaz de dizer porque decidi em vez de simplesmente descer daquele balanço penso e abrir a porta para o abade, descer dele sim, mas para amarrar uma ponta da corda na grade de ferro da janela, subir novamente no aparador e me enfiar pela claraboia, segurando a corda com as duas mãos, deslocando-me rente à parede até o chão, à moda das lagartixas.

Deocleciano não me deixou abrir a boca. Nem bem botei o pé no chão, ele pegou a mala caída no jardim, arrastou-me pela estrada de pedras, abriu a primeira cela, atirou a mala e me enfiou lá dentro, fechando a porta à chave pelo lado de fora.

Dentro da cela, o quarto da clínica psiquiátrica revelou-se por inteiro diante de mim, numa luminosidade que quase me cega; cobri os olhos com as duas mãos. Revi o momento em que, deitado na cama da clínica, olhando para o teto branco, como tudo ao redor, dei-me conta de que não estava em nenhum hotel nos Alpes suíços ao lado de minha irmã, encontrava-me era sujeito à intervenção destinada justamente a sobreviver à ausência dela, desmontando o aparato de mantê-la viva.

Descruzei as mãos à frente dos olhos e os fui abrindo devagar. Tinha chegado a hora de abrir os olhos, eu o fazia aos poucos, como se relutasse, como se ainda preferisse mantê-los fechados. Entretanto, não havia mais cegueira possível, e à medida que fui me deslocando do quarto da clínica para o quarto onde castigam meninos infratores, passei a reconhecer cada elemento deste outro ambiente, conseguindo discriminá-lo em sua exata dimensão: um catre de cimento no canto esquerdo sem nenhuma coberta sobre ele, uma cama de campanha rente à parede do lado oposto, vários lápis de colorir ao lado de cartolinas brancas no chão, massas de modelar, pequenos galões de tinta e quatro pincéis dentro de um balde de plástico sem água, um grande cesto de palha cheio de pedras brancas semelhantes às da estrada conduzindo até lá. No centro do cesto, sobre as pedrinhas, cartas de tarô amarradas por uma fita vermelha desbotada, gibis coloridos e uma Bíblia com capa de couro gasto, demonstrando ter sido fartamente manipulada. Na parede frente à porta, o crucifixo de madeira parecido ao do meu quarto, em tamanho menor. Chegando mais perto percebi que, embora sem a imagem do Jesus crucificado, pingos de tinta lilás salpicados na madeira aludiam ao sangue derramado ali, passei o dedo sobre as gotas em alto-relevo na madeira, puro pó.

Agachei-me ao pé do cesto e comecei a bulinar as pedras, imaginando o que elas estariam fazendo ali, deslizando-as entre os dedos, apalpando algumas, reconhecendo suas pequenas concavidades e saliências, escorrendo-as de uma mão para a outra, os meninos se ajoelhariam em cima delas durante a penitência? Eram obrigados a isso, ou brincavam das cinco pedrinhas, como eu e Samanta brincávamos na calçada de casa antes de ela ser chamada para dormir, e reclamar?

A excitação da estrada, o rostinho gelado de Azaleia, a motocicleta a mil, o vento na cara e a velocidade das coisas deram lugar a uma sensação oposta àquilo, como se após uma extraordinária expansão eu viesse tornando ao ponto de partida e passasse a enovelar a meada numa sequência às avessas, executando, afinal, a diástole, o comentário delirante de sobrevivente, falsamente atribuído a Otto, mero fantoche das fantasias destinadas à manutenção da vida, em brutal equívoco; eu, o simulacro de um Deus humano, aloprado e frágil.

Sorri um alívio inesperado. Não o alívio – eu já o pressentia – mas o sorriso, à lembrança de Samanta, de Otto, de nós, de mim. A imagem de Samanta tão expressiva neste ambiente destinado a punições transformava-o em veículo de autonomia e irreverente prazer. A imagem de Samanta íntegra e quem sabe real, no seu exato tamanho, sem adornos, sem acréscimos ou desvios geométricos, instaurando uma espécie de liturgia particular. Assim, eu disse: Fique, Samanta, e chegue sem sobressaltos, receios, exagero de gestos ou defesas desnecessárias. Permaneça. Garanto não engendrar disfarces nem esvair sua presença em delírios, forjando objetos de fumaça ou escrevendo roteiros aleatórios sem caneta e papel, sempre fumaça e vento.

Fique – e talvez tenha erguido a voz, como se me ouvissem – porque compreendo: ao contrário de sobreviver a esta ausência, me sinto capaz de sobreviver à sua presença. À sua presença. Você, passageira do tempo irrevogável, afinal livre destas tentativas de corromper a sua escrita, como se fosse possível me apropriar dos instrumentos, o argumento inteiro seu. Você, que jamais permitiu interferência no roteiro escrito à ponta de lápis, ponto a ponto, este seu enredo. Sem nunca tirar o lápis do papel para descansar ou oferecê-lo a quem, ao lado, encontra-se disposto a escrever em seu lugar.

Não preciso mais fazer de conta que Samanta existe, porque posso admitir: Samanta existe de fato, e no que me concerne, indissociável de minha própria existência, porque organismo. Assim, sua morte só será referendada mediante a minha própria morte e o seu cortejo de inconsciências. Essa constatação transforma as tentativas de soprar-lhe um futuro em procedimentos apenas falaciosos, expondo esta pouca capacidade de reconhecer o que é tão real, convivendo em alguma paz com a realidade refratária aos estratagemas miseráveis.

Peço então a Samanta para permanecer aqui. Não para que eu brinque com os seus cabelos de bons e maus ventos ou para soprarmos um no outro os confetes do último carnaval, essas coisas não nos interessam mais. Mas para lhe dizer que não mergulhei em seu encalço naquele fim de tarde no mar, porque qualquer coisa me distraíra de sua ausência, certamente um acontecimento qualquer, sem relevância, e embora me atribuísse grande vulto, nunca me considerei necessário à sua existência em nenhuma circunstância, outra das minhas falsetas arrogantes. Eu a considerava imune a todos os desastres que não os deflagrados por sua própria alma desassossegada.

Assim, não vou pedir perdão, não há o que perdoar, irei apenas aceitar a sua presença. Consistente, se não em matéria, filigrana e marca.

Deocleciano abriu a porta e entrou.

– Você está sem o avião, sem a motocicleta e precisa sumir daqui.

– Me leve a Flor de Algodão.

Não considerei o palavrório de Deocleciano argumentando em contrário. Fui conduzindo-o pela estrada de pedras, arrodeando o mosteiro até chegarmos à garagem empoeirada, meio às escuras, onde entramos na camionete quase à revelia dele.

"Você enlouqueceu", Deocleciano repetia a frase que eu estava me habituando a escutar, agora dirigindo na estrada feito o animal que, a despeito da falta de vontade, vê-se obrigado a atender ao dono. Eu não me alterava, insistindo para ele continuar a dirigir quando diminuía a velocidade do carro, ameaçando parar no acostamento da estrada ou tomar a direção de Campos Elíseos, de onde, pegando o ônibus na rodoviária, eu deveria seguir para a capital, "vá embora daqui", repisava, revezando os olhos entre o para-brisa e o retrovisor.

O Largo da Matriz estava cheio de gente. No carrinho de doces montado no adro da igreja os pirulitos de framboesa balançavam dependurados, feito minúsculos guarda-chuvas vermelhos. Quando a camionete parou, todos se voltaram para nós. Seu Cravo avançou pelo meio da gente em nossa direção, gritando ao megafone. Eu não ouvia exatamente o que ele dizia, não prestei atenção, abri a porta, desci e caminhei ao seu encontro. Deocleciano veio atrás de mim. Ficamos um de frente ao outro, eu e seu Cravo. Ele não parava de falar, como se estivesse em palanque, gesticulando, sacudindo o corpo, levantando o indicador, espumando pelas ventas e pelos cantos da boca. As pessoas se retiveram paralisadas, cada uma em seu lugar. Olhei para a janela de Hortência por puro hábito, fechada. Agora ouvi com nitidez a voz ao microfone: "Não sei que mal eu fiz a Deus para Ele insistir em botar no meu caminho esse modelo inacabado de indivíduo".

Antes que eu pudesse dizer qualquer coisa, todos se voltaram para o canto de cima. Da cadeia, Herondy acompanhava o movimento com as mãos grudadas nas grades de madeira da janela no andar superior. Em frente à cadeia, Hortência e Juliana apearam dos cavalos ainda ofegantes, agitados, tentando esquipar. Juliana, depois de cumprimentar Herondy com um aceno, permaneceu de pé, ao lado deles, segurando as rédeas, mas Hortência veio reta em minha direção. Embora determinada, não disse nenhuma palavra, postando-se ao meu lado, encarando o pai com severidade. Sem tirar os olhos dele, procurou a minha mão e a segurou, depois as ergueu, deixando claro que estávamos em sintonia, e se fosse deflagrado algum conflito, lutaríamos do mesmo lado.

Seu Cravo insistia nos insultos, me acusando de não evoluir na construção da barragem, comparando-me com o outro engenheiro, "melaços do mesmo doce", informando aos berros que eu não passava do maluco fugitivo de um hospício da capital, a quem, neste momento, deveriam estar no encalço. Lamentava-se por ter se deixado enganar por essa espécie de ilusionista, esse prestidigitador, agora se dirigindo a Hortência, alertando-a para que não incidisse no mesmo erro, "largue a mão do sujeito", insinuando que Azaleia correra o risco de morrer, em minha companhia, "sabe Deus com quais intenções o energúmeno obrigou minha filha a rodopiar com ele por aí", no momento em que a menina chegava, despontando no meio da turba, de mão dada com Rosa Morena, tentando, com os dentes, tirar o papel do pirulito de framboesa, o rosto sereno, distante do reboliço.

Dei um passo à frente, na tentativa de me defender e fazê-lo calar, mas Rosa Morena e Azaleia me anteciparam, interpondo-se entre nós dois. Rosa Morena arrancou o megafone da mão dele e me deu. Seu Cravo, pego de surpresa, não esboçou reação. Azaleia se livrou do papel do pirulito e botou o pirulito na boca, franzindo a testa para o sol, tirando com a mão aberta a franja de cima do olho, voltando os olhos descampados para mim, e sorriu o doce.

Dirigindo-me à pequena multidão, eu disse que estávamos diante de um insano mal-entendido, não havia motivo para malquerenças entre mim e a cidade, pelo contrário. Flor de Algodão, e todos os que a habitam, e tudo o que a compõe, e cada escaninho de sua geografia, tinham me reerguido, eu não poderia estar mais escorado e agradecido. Virei-me para Hortência, e ainda usando o megafone para ser ouvido por todo mundo, em especial pelo pai dela, falei que não conseguia enxergar maneira mais fértil de seguir vivendo que não fosse ao seu lado, decidido, não a desvendar, mas a fazer parte dos seus mistérios, oferecendo toda a vida para responder a eles, investigá-los, deixá-los ser, disposto a dividir com ela os meus próprios mistérios, que também os tenho e não me assustam essas florestas. Certamente eram eles, os mistérios, que a fizeram esperar na janela por dias e noites, noites e dias e ainda noites, atravessando o tempo, não sendo também outra mágica a que me trouxera até ela, desestabilizando o avião apesar do céu de brigadeiro, anil naquele meio de tarde, levando-me a pousar à frente da sua casa, diante dos seus olhos e de sua janela, para que, me reconhecendo de imediato, ela nos identificasse aos dois, constatando que todas essas coisas têm origem no mesmo lugar.

Sem demonstrar vigor, mas com certeza cumprindo o que considerava ser seu papel na cena, seu Cravo tentou reaver o megafone com um gesto repisado e inútil. Em lugar de represália, encarei-o com a cortesia permitida pela falta de rancor e ergui nossas mãos, a minha e a de Hortência, em sinal de aliança e harmonia. Ela sorriu uma delicadeza, e a delicadeza do sorriso ocupou o lugar da mulher audaz que, minutos antes, retirara os fuzis da caixa de porcelana, exibindo-os na trincheira.

Voltamo-nos um para o outro no centro do mundo, da praça, da gente, de nós, e aproximando meu rosto do rosto de Hortência, beijei afinal sua boca, os lábios nítidos de Hortência, com calma a princípio, o ímpeto dos navegadores depois, desembarque de bandeirantes cansados, porém refeitos, demarcando terras, fincando bandeiras no chão, e tanto desejo, e tanto tudo, e tudo apetite entre nós.

Como havia acontecido da outra vez em que estivemos frente a frente neste mesmo largo diante da janela de sua casa, não percebi a mudança do tempo sobre nossas cabeças, nem mesmo o vento inesperado anunciando-a. Porém, diferente daquela outra vez, agora as nuvens intumesceram todas ao mesmo tempo, o céu estendeu uma colcha cinza de uma cabeceira à outra do horizonte, sem hesitação, e para arrebatamento de todos os que estavam aglomerados no entorno, a chuva desabou súbita, vigorosa e farta, como quem entorna num único gesto uma imensa bacia de alumínio entuchada de água.

A CHUVA despencou súbita e inacreditável. Nada a anunciara na atmosfera, um único relâmpago, a debandada de pássaros, escalada de lagartos morro acima, o voo baixo das andorinhas, cantoria de jias à beira da lagoa, nada. Mesmo o vento que a antecedeu não passou de arauto levantado às pressas, seguido incontinente do cortejo molhado. Do cortejo – deste sim – ninguém se ausentou, eclodiram todos. Rebentaram até os que, aparentando sucumbir ao estio, agonizavam calcinados; tudo reanimado por aqui. Não houve, portanto, tempo para cuidados nem atitudes de zelo ou defesa, a água arriou maciça e enérgica, atingindo-nos cada coisa e cada qual em seu lugar, como, segundo profetizam, nos encontraremos por ocasião do retorno do Jesus, a aparição inesperada desnudando-nos como somos, e em qual labuta laboramos no instante excelso do acontecimento.

As casas vazias das gentes, toda a gente aglomerada na praça, de cara para cima e braços estendidos, entregues ao açoite das águas, portas e janelas abertas, desprevenidas, da maneira como procedemos para a ventilação. Atingidas pela água isenta dessas barreiras físicas, invadidas, as moradas, nas intimidades de sala, cozinhas e quartos, encharcando uns, refrescando outros, desamparados pela falta de aplicação dos moradores, eles mesmos expostos à arrebentação das nuvens, no meio do tempo, oferecendo-se de corpo inteiro ao banho vigoroso quase rude de tão próprio, umedecendo cada dobradiça entre os ossos deles, do modo como as veredas, excedendo-se às nascentes d'água, serpenteiam em dezenas de línguas e vertentes pelo meio do campo, formando riachos e riozinhos, hidratando terras e as peles ressecadas pelo tanto de sol ou pela própria velhice dos nossos velhos aqui, misturados aos meninos, às mulheres, autoridades, aos religiosos, aos animais de estima e à juventude, um bando de bem-me-quer sendo ungido na praça.

O engenheiro e Hortência não desgrudam as bocas, os corpos alinhados no meio do largo bebendo água um da boca do outro, duas cacimbas embebedadas de chuva, o cabelo dele rente ao casco da cabeça, o dela grudado nas costas nuas do vestido, as línguas mergulhando e emergindo da boca alheia, tornando a mergulhar e a emergir, e outra vez a imersão e o recuo, no insano desejo de não haver a boca alheia ou qualquer alheamento entre os dois, tentativa de se converterem em uma só língua, um único talhe, o eterno delírio dos amantes prontos a contradizer as leis da física e mesmo as leis do Deus, intransigentes uma e outra quanto às individualidades e as digitais.

Na janela da cadeia, Herondy do Balão alonga os braços entre as grades de madeira e gruda a cabeça entre as ripas, oferecendo-se à chuva, um riso doido, e a água, aqui e acolá assoprada pelo vento favorável quando dá de bater para esse lado, esguicha no miolo da cela, onde o encontra de pé, agora de braços abertos, nu, como se pusera para o banho do céu.

Angústia, da calçada, parece mesmo um joão-bobo de borracha pulando em frente à janela dele, aplaudindo, não se sabe se ao preso e à nudez adivinhada, ou se à chuva desmedida, à sua própria euforia sem costume, talvez à reedição do dilúvio bíblico. Naquele, ainda aspirante ao Coração de Maria, desejara ser o pássaro lançado da arca por Noé, retornando com a folha no bico, anunciado terra. Angústia sempre foi devotada às anunciações, vocacionada às boas notícias, apesar das notícias nem sempre favoráveis que a vida lhe traz quando dá de voar sobre os incêndios, as epidemias e os alagamentos.

Cadê Caçula, que não se vê por aqui, a chuva em toda parte? Pois ali está ele, de janela fechada, sentado pelo lado de dentro, à beira da janela, o cesto de linhas, agulhas e alfinetes em cima do tamborete de couro de onça, bordando no bastidor maior os guardanapos a ser enviados à capital. Executa a primeira encomenda desta nova empreitada, ignorando os avisos de não usar instrumentos metálicos em dia de chuva para não atrair raios nem rasga-mortalhas, corujas enviuvadas anunciando lástimas, ainda mais à beira de portas e janelas, mesmo que fechadas, maravilha de ouvir as grossas gotas apedrejando a madeira e o telhado, Caçula não liga para estes conhecimentos vetustos, ágil no correr da agulha pelo pano esticado no bastidor, esticado mesmo, quase ao ponto de trincar as fibras do tecido.

Deveria ouvir os avisos, o Caçula, deveria assuntar os anciãos. Não é do tempo dele, porém estamos sempre nos referindo a Deolindo da Paixão, a fim de não desperdiçarmos sua experiência, pobre Deolindo! Caçula conhece a história, os irmãos dele também, os exemplos estão aí para ser seguidos, apenas os incautos e os intransigentes os dispensam, preferindo se tornar, eles mesmos, molas das experiências às quais outros se expuseram por nós.

Não foi diferente aqui. Desafiando as prescrições, Deolindo da Paixão não cobriu os santos da casa em nenhum dia da Quaresma, nem cumpriu o silêncio necessário, assobiando tudo o que teve vontade, tamborilando com as mãos para acompanhar a insanha, caminhando para um lado e outro da casa e do terreiro, julgando-se excluído dos regulamentos. Chegou a Sexta-Feira da Paixão, o dia mais grave, e ele lá, como se nada fora, ou nada tivesse a ver com o sangue do imolado. Vendo que não acontecia um só distúrbio do castigo anunciado por benzedeiras, meninos, tambores e batinas, e achando pouco o pouco caso de assobios e ausência de louvores, comeu de garfo e faca o maior bife de frigideira levado por ele mesmo ao fogão à lenha da avó, de nascença cega. Foi quando, desabada outra chuva dessas crivadas de rugidos e raios, Deolindo se afogou na cachoeira de sangue que deu de borbulhar na sua boca de uma hora para outra, glu glu glu glu glu, o sangue fervilhando no caldeirão fumegante do capeta, a língua profana do herege. Não teve quem conseguisse estancar de todo a sangueira escorrendo pelos orifícios do nariz e os cantos da boca do defunto no canto da sala, dentro do caixão arrodeado de violetas vermelhas, antes brancas, agora machucadas pela hemorragia do espírito. A vaca, à sua revelia matéria do bife amaldiçoado, ressuscitou no quintal ao terceiro dia, vivendo até um dia desses, sem que ninguém se metesse a besta de ao menos ameaçá-la com o porrete destinado ao abate das reses de corte, e por aqui são de corte quase todas as reses e os animais de caça, os de cria em galinheiros, chiqueiro, pastos e nos currais, que nossa gente silvestre só vai ouvir falar em outro tipo de alimentação quando Tulipa retornar do Sul, moça feita, com as novidades do veganismo, do qual vai ser a primeira divulgadora entre nós, e, passado o interesse inicial, a única partidária.

 Tulipa vai abrir o consultório verde e a lojinha para a venda dos produtos naturais cultivados na fazenda da família bem aí, onde hoje é a porta-e-janela do agente funerário Morrido de Pouco.

 Morrido, conseguindo resistir à delícia da água rebentada em chuva, corre ao estabelecimento, fecha porta e janela lutando contra o vento, impedindo que a água empene a madeira do ataúde recostado à parede, exibido de corpo inteiro no corredor meio de lado, fora do alcance da vista através da janela, a fim de não assustar os passadeiros da rua, mas servindo de modelo ao gosto e à lástima do enlutado cliente.

O prefeito Pelópidas Blue não se cabe dentro do terno de linho respingado de lama das poças d'água, inteiro maculado, ensaia passos de dança vencendo escrúpulos de higiene e normas de etiqueta, Gene Kelly revivido em *Singing In The Rain*, de bela memória e tão antiga e surrada, mas é antigo esse homem de aparência subitamente jovial. Assistiu ao filme a convite de Cravo, projetado no muro do quintal da casa número 1 do Largo da Matriz, na época em que Cravo, amante dos musicais, lhe fazia a corte, decidido a cooptá-lo para o partido dos Lírio D'Água, e jamais esqueceu o filme, a dança, o momento, o guarda-chuva.

Pelópidas, Gene Kelly, o prefeito Pelópidas Blue, o Pepê do Olegário despe-se do paletó igualmente lambuzado do barro, gira-o sobre a cabeça com dificuldade, está ensopado, e o arremessa longe como quem, caçador, atira um laço em torno da caça ou, sendo a caça, se desvencilha do laço a rodear-lhe o pescoço, foi a útima vez que o vestiu. No dia seguinte, todas as calças transformadas em bermuda de linho, boa parte da noite às voltas com emancipação e tesoura, chegou à casa de Cravo no primeiro horário da manhã, o aroma do cuscuz de milho esparramado até o alpendre, vestindo uma delas, a bermuda quase até o joelho, ainda nem feita bainha, fiapos enrodilhando-se nos pelos da perna, o mesmo suspensório de tecido atado ao cós. Veio comunicar a decisão ao padrinho político, ainda enlevado, o padrinho pianista, pelo concerto esplêndido da noite anterior. Absorto, não deu importância ao anunciado nem ao vestuário do prefeito, embasbacando-se apenas dois dias depois quando, bainhas feitas, gumex no cabelo e esmalte cintilante nas unhas, o prefeito, pronto para retomar a vida civil, reiterou a fala.

Mas, por enquanto, Pelópidas permanece alagado de chuva, e sai dançando ao encontro dos artistas do circo, mal os vê descendo o largo, sem compartilhar, estes nômades, a algazarra e a sacrossanta desvalia dos que somos nós.

O circo permanece de pé, assovado pelo temporal, porém duas tendas foram ao chão e se desfizeram acometidas pelo mesmo corisco: a do casal de atores que representa os irmãos no drama do segundo ato e a outra maior, camarim do elenco que se vale de maquiagem, adornos e pintura nas apresentações, quebrando, no desmonte, todos os espelhos, explodindo as lâmpadas da iluminação. Por ingerência de Aninha Tabuada, de quem Caçula não deixou de ser devoto depois da vida adulta, grato por tantas intervenções da menina santa em seu desempenho no Grupo Escolar, o corisco destinado à lâmina dos artefatos metálicos manipulados à beira da janela foi desviado para a tenda dos saltimbancos, opulentos em poesia e flexíveis nas articulações, é fato, mas negligentes quanto às reverências à santinha do lugar que os aplaude a cada espetáculo e lhes patrocina o de comer.

Gérbera, enfiada nas cobertas, não tira a cabeça de dentro do lençol, vez em quando iluminada pelos relâmpagos agora riscando o céu em comemorativos eletromagnéticos, a chuva continua espancando a cidade, a essa altura parecendo flutuar sobre as águas. Sendo extensão de sua casa, a cidade é o mundo inteiro, portanto Gérbera é capaz de jurar que o mundo afoga-se neste outro dilúvio inesperado, sendo sua enorme cama com dossel a arca contemporânea destinada a abrigar cada casal dos animais necessários à manutenção das espécies. Desabando numa gargalhada intrometida, tornando mais barulhenta a atmosfera – uma vez que trovões e relâmpagos continuam se digladiando lá fora – Gérbera se destempera nos flatos, não por descaso às manifestações da natureza, longe disso, apenas para se sentir músico do alarido universal, integrando-se à orquestra regida pelo maestro magnífico. Tenta, a seu modo, ajustar cada peido ao andamento do concerto, divertindo-se com isso, a maneira enfim encontrada de solidarizar-se ao marido frustrado por sua falta de sensibilidade artística.

Cravo se mantém impávido sob a chuva, lavado de cima a baixo. Só não lavou o espírito se ainda não dispõe dele, água para isso não faltou, a chuva segue despencando em gomos fartos, levantando por fim cheiro de terra e de frutas despertando no pé, os limoeiros, os pés de caju, as mangueiras se espreguiçando sob a torrente d'água, minhocas tremelicando na terra molhada, beija-flores eufóricos, os baldes largados no terreiro à espera desse milagre quase prescrito, bacias de alumínio, tonéis, potes de barro, tudo se cumulando de água, água fria, fresca, a terra vivificada.

Ninguém se deu conta de que nada disso será mais necessário, baldes, bacias, tonéis, sequer a represa terá função, desativada depois desse mundaréu de água, suspendam todos os artifícios, não há mais motivo para estio, retornaremos ao nosso caminho de umidade e bom tempo, as duas estações definidas, o inverno de chuva e o verão de sol como sempre foi, o engenheiro e Hortência ainda não se desgrudaram nem parecem dispostos a isso, permanecem se lambendo, se reconhecendo, tomando chegada ao território de cada um, ao alcance dos olhos de quem os quiser testemunhar.

Ao lado da janela, na casa amarela da chácara onde Hortência está vivendo provisoriamente com a mãe, florou o pé de alecrim.

O pé de alecrim fertilizado fecunda toda a terra, fazendo brotar do chão, até há pouco árido, a flor do algodão.

Quando eu e Hortência separamos os corpos embebidos de água e de nós, a tarde estiou. Súbita como veio, a chuva parou de cair, deixando-nos todos imobilizados no terreiro num primeiro momento, da forma como se congelaria no ar a imagem de um trapezista em voo. A cidade, ensandecida pelo temporal, movimentara-se em toda a sua pequena extensão, estendera-se, mas de repente quedou silenciosa, cada qual em seu canto, estáticos, como se pacificada por demônios angélicos. Foi apenas em segunda instância, que começamos a nos movimentar, primeiro os olhos, pescoço, a cabeça, depois os membros, ao encontro uns dos outros, as pessoas conversando entre elas, sem pressa de retornar às casas, da maneira absurdamente feliz com que se congratulam os sobreviventes de um naufrágio, em terra firme, resgatados para a vida nova. E ali estávamos nós, sujeitos da mesma nação, reconsiderando-nos um a um, a alforria dos clamores amontoados.

Nada mais era igual àquela mesma tarde antes da chuva. Podia-se ver, além dos telhados, do campanário e a torre da igreja, as serras matizadas por um verde súbito, alterando de modo claro o horizonte. Talvez não o verde das primaveras, nos lugares onde há essa estação, mas o verde recapturado após a longa incidência de poeira e sol nos galhos e nas folhas, agora lavados de boa água.

Estava tudo fresco. Há diferença entre juventude e frescor, embora muitas vezes a gente se confunda e atribua apenas à juventude esta saúde. Naquele momento, no Largo da Matriz de Flor de Algodão tudo era fresco: de mamando a caducando, todos exalavam frescor. O cachorro que não desgrudava de seu Cravo quando cruzava com ele pela rua, já passado em anos, era fresco. O sorriso engastado de prata na boca de Deocleciano ainda incrédulo, fresco. Fresco o semblante desanuviado de Angústia na calçada da cadeia, de conversa lenta com Gaiola, o carcereiro cioso dos dois. Fresco o vento úmido nos enlaçando em grupo, rede de pesca atirada ao rio, frescos os cílios molhados de Juliana se dirigindo para onde estávamos como quem aporta de grande viagem, frescas as mãos enlaçadas das três irmãs e as mãos antes rugosas da menina que cuida de Azaleia, e havia frescor nos passos de seu Cravo atravessando a praça, se dirigindo para sua casa do outro lado.

As pessoas foram afinal se espalhando, retornando às casas, entrando e dando-se conta dos alagamentos internos em nada lamentáveis, o delito absolvido pela necessidade da água e a exuberância da chuva, bem de acordo com os rogos da terra e a resposta do céu. Restamos por ali eu e Hortência de mãos enlaçadas, a mãe dela e Deocleciano, interrompidos por padre Estrelinho em pernas articuladas e coluna de pé, irrompendo da igreja, felicitando a mim e à Hortência pela manufatura do espetáculo realmente apoteótico, sem distinguir, de propósito, a qual espetáculo se referia: "Acompanhei tudo da torre, lá em cima. Nem as águas do mar Vermelho, se sugadas para desaguar em chuva, retornariam com tamanha glória. Nosso redivivo Moisés. Maria Santíssima!" – apontou primeiro para mim, depois para Hortência, Deocleciano franziu a testa reconhecendo o deboche próprio de padre Estrelinho, contudo demo-nos as mãos, a tarde se esvaindo e avermelhando o horizonte, o mesmo escarlate que ao se distender foi ocupando todo o nosso campo de visão, percorrendo-nos, da forma como a brisa fizera alguns minutos antes, sucedendo a chuva.

Começou a chuviscar sem ruídos. O padre voltou para a igreja em cima do rasto, nada disposto a molhar o corpo seco, subindo de volta à torre, instalando-se ao pé do sino. Manelau cantou o seu canto do cisne, e o padre sem se desacomodar do tamborete onde sentara, fez o sino badalar seis vezes.

Não acompanhei exatamente o transporte, entretanto Azulão, o próprio Cravo, orientando-os quanto aos cuidados de manipulação, e outros dois homens irreconhecíveis daqui de onde estava, acomodavam o piano de cauda na calçada ainda luzidia de chuva, ajustando-o da melhor maneira às irregularidades do chão.

A tarde não se extinguira de todo ao ouvirmos o primeiro acorde sob os pingos de chuva, e nos aproximamos. Seu Cravo estava sentado ao piano, circunspecto, por dentro dele, ninguém na calçada nem no entorno, o silêncio de todos os sapos, as línguas, os ruídos de Deus. Sem sequer experimentar alguma nota para os ajustes da afinação, lançou-se à melodia como se a viesse executando desde sempre e o encontrássemos pelos meados do recital, estilhaçando o silêncio, ignorando os pingos d'água, inundando o largo com os acordes da Melodia Sentimental, *acorda, vem ver a lua, que dorme na noite escura, que fulge, tão bela e branca, derramando doçura,* acompanhando-se ao piano com a voz de contralto que ninguém, nem mesmo os seus mais remotos ancestrais, jamais tinha ouvido.

Heitor Villa-Lobos, xará do autor da canção, foi o primeiro a hastear as orelhas, o engenheiro o vê levantar-se lerdo, saindo de baixo da carroça onde tentara se proteger do temporal, acomodando-se ao lado do piano, assemelhado ao burrico de uma manjedoura nos autos de Natal.

Depois, despertaram todos, dando-se conta do concerto nas proximidades, habituando-se à música inesperada, guiando-se pelos acordes oriundos de fora, do alto, do solo, de todo lugar. O engenheiro e Hortência, sem desatar as mãos, se distendem a dois pelo avarandado da tarde, a cidade acesa de espíritos, são as lamparinas. Os que labutavam na organização dos domicílios e objetos danificados suspenderam a função e vieram às portas e janelas novamente abertas, às calçadas, alguns acompanhando os que em maioria se deslocavam para as imediações do palco, o tablado iluminado pelo alaranjado da hora, o carmesim do crepúsculo, a natureza trocando a guarda para o turno da noite, a noite mais cheia de luz de toda a nossa história, essa história que vai se harmonizando entre luz e sombras, frontes e dorsos, acrobata tentando se equilibrar no arame esticado entre duas montanhas sobre o abismo, da maneira curvilínea ou ardilosa com que dois narradores do mesmo enredo vão se entrelaçando, interpondo-se um ao outro, sobrepondo-se, justapondo-se, interferindo entre si, até chegarmos ao momento em que se torna impossível estabelecer quem de fato narra.

O fato é que o crepúsculo desse dia configura o universo unificado em Flor de Algodão, está tudo aqui, tudo somos nós, a existência é um instante só, não importa quem diga, quem conte, quem narre. Nossa insignificância partilhada e salpicada de pontos de luz, feito um céu de estrelas do qual a milhões de quilômetros de distância temos apenas a imagem da poeira de prata ou lantejoulas fosforescentes, vagalumes no espaço, namorados enamorados, incapazes de alcançar a verdadeira natureza dos astros físicos, e devaneamos.

A miséria que me acomete, como de resto a todos nós, nunca se sentiu tão acompanhada, brotou do barro uma estrada. Não vou chamar de amor, como insinuou Deocleciano ao chover terra em minha mão, vou dizer comunicação, centopeias de possibilidades, polvos em areia quente exorbitando-se, distendendo-se, procurando outros, pontes interligando ilhas desertas, que é só o que somos.

Não acenderam as lâmpadas do largo, para que a noite se misturasse ao silêncio de todos os que não estavam ao piano. A voz do cantor subiu ao mais alto, as notas seguem avançando em direção ao íntimo da alma, o próprio cerne do espírito, finalmente o núcleo.

O chuvisco não interfere no teclado e começa a tomar corpo, se adensar, sinto que teremos chuva novamente, sem escândalo dessa vez, o engenheiro e Hortência seguem pareados, quase etéreos embora sólidos, alados de asas que não têm.

De carne e osso esse amor.

Todos nós, habitantes de Flor de Algodão, queremos agradecer a Lea Ferencz Reid, Marcia Barbosa, Patrícia Eugênio e Silvânia Santana, que, sem estar a bordo do teco-teco do engenheiro, desembarcaram comigo, permanecendo por aqui durante o tempo que durou minha permanência na cidade. Nós sabemos que apenas a ficção é de verdade. A realidade não passa de uma mentira consensual.

E é assim desde os primeiros tempos.

Esta obra foi composta em Electra e impressa em
papel pólen soft 80 g/m² para Editora Reformatório,
durante a primavera, em setembro de 2017.